悪魔の剣で
天使を喰らう
Devour Angels
with the Demon's Sword

胡蝶ジンヤ

「奪え」

〈少なくとも、私は貴方が好きよ。
恋人みたいに扱ってくれるもの〉

主な登場人物

「――私と戦え。
さっきの借りを
百倍で返してやる」
ジャ■■■ク
真月ユカリコ
「アタシに毎朝
フレンチトーストを
作ってもらいたいくらいだ」
吉田リオ

Contents

悪魔の剣で天使を喰らう

Devour Angels
with the Demon's Sword

竜胆マサタカ

イラスト
東西

1章　魔剣抜刀

突如『天獄』が日本に現れたのは、遡ること10年前の話だ。

轟くような地響きと共に霊峰富士を食い破り、宇宙との境界線すら突き抜けた白亜の巨塔。

異形の怪物たちと摩訶不思議な財宝で満たされた、恐ろしくも煌びやかな大迷宮の出現。

それは、まさしく今までの常識をひっくり返し、世界中に影響を及ぼした一大事件だった。

何もかも手探りでの研究、諸外国との間に起こった様々な事案、二転三転する情勢や方針。

そうやって瞬く間に3年間が過ぎた頃、日本政府はひとつの組織を設立した。

名を『魔剣士協会』。天獄内部の詳細な調査、及び資源回収を目的とした機関である。

以降7年間、この国は天獄から汲み上げられる恩恵によって、栄華の時代を謳歌していた。

もっとも——天獄が与えた影響は、必ずしもプラスに働くものばかりではなかったが。

俺こと胡蝶ジンヤの日常は、それなりに平凡かつ平和なものだった。

少なくとも、今日この時までは。

「……どーすっかな」

いつもと同じく学校に通い、バイトを終えた帰り道。

しかし路地裏を歩く中、突然周囲の景色が歪(ゆが)み、気付けば全く別の場所に立っていた。

黒い石で閉ざされた、薄暗い通路。

俺の認識が間違っていなければ、ここは。

「『離れ牢』……」

天獄出現以降、その半径50キロメートル圏内で稀(まれ)に観測されるようになったという現象。

人間を起点に発生する、ごく小規模かつ一時的な、新しい天獄の発生。

毎年何人も被害に遭(あ)っていると聞く、厄介(やっかい)な天災のひとつ。

ポケットからスマホを引っ張り出すも、表示された圏外の二文字に肩を落とす。

小中で何度か受けた、天獄関連の授業で教わった内容通り。

ひとまず思い浮かぶ選択肢は二択。

離れ牢は取り込んだ者が死ぬまでの間、同じ座標に入り口を開いたまま滞留し続けるとか。

誰かが気付いて警察なり魔剣士協会なりに通報してくれれば、救援が来る筈(はず)。

そいつを待つのが一択だけれど、生憎(あいにく)と今は夜半。

人通りなど皆無(かいむ)に等しい上、街灯もロクに設置されていない路地裏は視認性も最悪。

迅速(じんそく)な助けを期待するのは無理がある。どんなに早くとも半日後か、はたまた一日後か。

しかも。

「当然、居るよな」

石造りの迷宮内に鳴り渡る、いくつもの硬質な足音。

壁や天井を反響して正確な位置こそ掴めないが、少しずつ近付いている。

助けを待っていては、命がいくつあっても足りやしない。

そもそも離れ牢に巻き込まれた際の致死率は、確か9割以上。現時点でほぼアウト。

――自力で脱出するしかない、か。

曰く、離れ牢には入り口はあっても出口はない。

ゆえに抜け出す方法は、たったひとつ。

そして、そいつを成し遂げるためには――アレが要る。

――離れ牢は、そこまで広くない筈。大丈夫、見つけ出せる。

掌を胸元に添え、何度か深呼吸を繰り返す。

早鐘を打つ鼓動を宥め、手足の震えを押さえ込む。

幸い、元々夜道を歩いていたから目は暗闇に慣れている。

両の拳を握り締め、俺は迷宮の奥へと進み始めた。

離れ牢の構造は、知識にあるものと大差なかった。

細い直線の通路と広い部屋の繰り返し。実にシンプルで助かる。

「……ここにもない、か」

述べ４つ目となる殺風景な空間を見渡し、けれど目的の品は見当たらず、溜息（ためいき）を吐（つ）く。

本当にあるのか、ボチボチ疑わしくなってきた。所詮（しょせん）ネットで得た情報だし。

とは言え、他に生きてここを出る手段は、俺の知る限りない。

であれば話半分でもなんでも、探し回る以外に――

「ッ！」

ふと背骨を伝った悪寒（おかん）。

咄嗟（とっさ）に身を翻（ひるがえ）し、振り返りながらバックステップを踏む。

喉笛を掠（かす）める鋭利な刃先。

間一髪で死を免れ、そいつから距離を取り、その姿を視界に収めた。

いつの間にか背後まで迫っていた、１体のヒトガタ。

石造りの床を足音も立てずに歩くとは芸達者な奴……などと感心している場合ではない。

〈ａａａａ〉

外見を大雑把（おおざっぱ）に説明するなら、等身大の女性型ビスクドール。

ただし脚先は針のように細く、両腕の肘から先も鋭い剣という攻撃的なフォルム。

極め付けは、奴らの象徴とでも評すべき特徴、頭上に浮かぶ黒い光輪(ヘイロウ)。

ネットの画像で何度か見たことのある姿そのままな風体(ふうてい)。

「『下天使(エンジェル)』……！」

天使。どういう皮肉を込めた呼び名かは知らないが、天獄を闊歩(かっぽ)する怪物たちの総称。

その中で最も階級の低い、第九位に位置する存在。

が、だからと言って何の安心材料にもならない。最下級であろうとも天使は天使。

一般的な成人男性を数倍上回る身体能力と、鉄に匹敵する肉体強度を備えたバケモノ。

そもそもの話、天使には通常の武器兵器が一切通用しない。

体表に奇妙な力場(りきば)を纏(まと)っており、そいつが防壁となって銃弾すら跳ね除(の)ける。

だからこそ、ここにある筈の例外を探していたのだが……先に俺が見つかってしまった。

〈ａａａａ〉

鼓膜に障(さわ)る甲高い発声と共に両腕を振りかぶり、真っ直ぐ突っ込んでくる下天使(エンジェル)。

速い。一歩踏み出した初速の時点で、俺の全力疾走(しっそう)以上。

「ぐっ……」

右腕の一閃(いっせん)はかろうじて躱(かわ)すも、左腕の刃先が脇腹を裂く。

学ランを太刀筋通りに裁断された。なんて切れ味。
傷口はさほど深くないものの、痛みで反射的に身体が強張る。
その間隙を突くように迫る薙ぎ払い。どうにか避けると、勢い余って横転する下天使。
たまたま足を踏み外したのか、或いは膂力の割に軽すぎる身体が災いしたのか。
ともあれ好機。九死に一生を拾った思いで通路へと駆け出す。
〈ａａａａ〉
背後で響く高音。あちこちから一斉に聞こえ始める足音。
仲間を呼んでいるのか。非力な人間1匹相手に数で来るとか、恥を知れ。
「チィッ……！」
5つ目の広間。中はがらんどう。
苛立ち紛れの舌打ちと併せ、左右に分かれた通路を見渡す。
右からは足音。左に行くしかない。
後ろから先程の下天使が追ってくる気配。恐らく次の広間あたりで追いつかれる。
「頼むぞ……！」
数十メートルの通路を走り抜け、開ける視界。
今までより更に広い、体育館ほどもある空間。

そして。その中心に突き立った2本の剣。

「——あった！」

天使には、あらゆる武器兵器による攻撃が一切通用しない。

単純な運動エネルギーや熱量のみに留（とど）まらず、害的行為のことごとくを遮（さえぎ）る鉄壁の護り。

そんな反則じみた防御性能を誇る上、絶えず全身を覆（おお）う力場。通称『常夜外套（じょうやがいとう）』。

そいつを貫ける唯一無二の武器こそが、言わずと知れた『魔剣』。

その名が指し示す通り、悪魔のチカラを宿すとかいう触れ込みの、未だ謎多き代物（しろもの）。

離れ牢には必ずあると聞いていたが……ネットの情報も、たまにはアテになる。


背後からの禍々（まがまが）しい気配に追い立てられる形で、遮二無二（しゃにむに）駆け寄る。

石の床に深々と刺さった、2本とも完全に同一規格の片手剣。

表面は漆喰（しっくい）に似た何かで白く覆われ、一見する限りでは刃物としての能力は皆無。

間違いない。以前バイト先で一度だけ実物を見たことがある。

持ち主不在の魔剣——『虚（から）の剣』だ。

「ツ……」

うろ覚えだが、魔剣に宿る悪魔（チカラ）は千差万別と聞く。

ゆえにどちらを抜くか、一瞬迷う。

が、生憎そのチカラとやらの詳細を確かめる術など知らない。

何より今は、悠長に考えている時間も惜しい状況。

ままよと、両方いっぺんに掴んだ。

「っ……!?」

左手に握った魔剣が勢い良くヒビ割れ、数秒ともたず跡形もなく砕け散る。

一方、残った右手側の魔剣は、手応えすら感じさせず、あっさりと引き抜けた。

「………………」

掌を通して伝わる重量は、思ったより軽い。

白く塗り込められた刀身を目線の高さまで掲げ、ざらついた鎬を指先で撫でる。

その所作を終えるよりも早く、俺は魔剣に関する概ねを理解した。

正しくは、脳内に直接情報が流れ込んできた、と言うべきか。

「なるほど」

逆手に柄を握り直し、振り返る。

3体の下天使が、ちょうど広間に雪崩れ込んでくるところだった。

「……いきなり対多とか、チュートリアルの難易度バグってるだろ」

敢(あ)えて軽口を叩(たた)き、緊張を散らす。
静かに息を吸って吐いて、それを三度繰り返した後――魔剣を棄てた。
「お前じゃない」
金属音を立てて床を転がる、俺のものにならなかった虚の剣。
たぶん、触れるのがコンマ1秒ばかり遅かったのだろう。
「来い」
何もない宙空に、蒼(あお)い燐火(りんか)が迸(ほとばし)る。
それを掴むと、火は更に勢いを増して燃え上がり、やがて剣へと転じた。
先程の現象は、魔剣が壊れたワケじゃない。
俺という『鞘(さや)』に、取り込まれたのだ。
「銘は……流石(さすが)にまだ分からないか」
表面の封印が剥(は)がれ落ち、鏡の如(ごと)き刀身が露(あら)わとなった姿。
使い手を得たことでチカラの一部を取り戻した第一段階の魔剣『無銘(レギオン)』。
――まあいい。下天使(エンジェル)相手なら、こいつで十分だ。
魔剣と混ざり合った影響で精神性が変化したのか、嘘のように消え失せる恐怖心。
代わりに湧き上がるのは、天使という存在に対する敵意。

「さっきはよくもやってくれたな」

強く苛立ちながらも、やけに落ち着いた心地。

改めて状況を見定めつつ、身構える。

「来いよ。纏めて斬り刻んでやる」

俺という獲物を捉えるや否や、真っ直ぐ突っ込んでくる下天使たち。

実に単調な、どこか昆虫を思わせる挙動。

その程度の知性しか持っていないのか、或いは小細工など不要と断じているのか。

どちらでも構いやしない。やることは同じだ。

こいつらを、斬る。

「ふっ――」

先頭の下天使を標的に据え、体勢を落とし、振り下ろされる両腕の刃を躱す。

すごいもんだな、魔剣ってのは。

相手の動きが、一挙手一投足に至るまでハッキリ見える。

「――シィッ!」

俺本来の筋力を数倍も凌ぐ一刀でもって、がら空きとなった胴を斬り上げた。

下天使の体表に纏わりつく黒いモヤ――常夜外套を、濡れた和紙も同然に引き裂く。

それだけに留まらず、鉄の硬度を持つ身体にまで易々と食い込む刀身。
けれど両断までは行かず、力任せに振り抜いた勢いで近くの壁まで吹き飛ばす。
盛大に叩き付けられた下天使は、その衝撃がトドメとなり、動かなくなった。
どうやら常夜外套を貫いた直後なら、魔剣以外でもダメージを与えられる模様。
——刃筋の立て方が悪かったか。
第一段階の無銘だろうと、魔剣の切れ味なら下天使程度、バター同然に断てる筈。
となれば原因は扱い方。持ち手である俺の不手際。
下手くそめ。もっとも剣など生まれて初めて使うから、当然と言えば当然だけど。
——こんな感じ、か？
数秒前の手応えを思い返し、踏み込みや腰の捻り、腕の振り、柄の握り方などを修正。
2体目の下天使を攻撃圏内に引き入れ、1体目と同じ太刀筋で一閃。
「お」
今度は、するりと刃が通り抜けた。
一拍遅れて下天使の胴に斜めの線が走り、滑り落ちる上半身。
悪くないが……まだまだ60点てとこだな。
頭の中でイメージした動きを6割程度しか再現できていない。

「要練習」

右足親指を軸に一回転。横薙ぎで3体目の首を落とす。

更に回転を続け、五連斬。

——捻り、助走、体重移動。そうやって作った勢いを刃先に乗せるのがコツか。

頭部を欠いたまま立ち尽くす下天使（エンジェル）を指先で小突くと、バラバラに崩れた。

金属のような陶器のような破片をひとつ拾い、断面を撫でる。

つるつるした滑（なめ）らかな触感。

が、ふちのあたりに少しバリが残ってしまっている。

「やっぱり要練習だな」


魔剣獲得から数十秒と間を置かず、臨む羽目となった初陣（ういじん）。

上手（うま）く切り抜け、ひと息ついた頃合いで、広間に転がる3体の亡骸（なきがら）に異変が生じる。

「？」

亡骸が蛍火（ほたるび）に似た無数の光の粒と化し、俺が握る魔剣へと吸い込まれていく。

大きく脈打つ刀身。併せて、僅（わず）かにチカラが増したような気がした。

——なるほど。こうやって育てるのか。

得心と共に魔剣の表面を燐火で覆い、そのまま手元から消す。

消したと言うか、俺という鞘の中に収めたってニュアンスの方が正しい。

異物感があって気持ち悪いけど、そのうち慣れるだろ。

ともあれ、とりあえず第一目標達成。間一髪(かんいっぱつ)だったが、どうにか魔剣は手に入れた。

あとは『核石(コア)』を探し当てて破壊すれば、この離れ牢は消えてなくなり、外に出られる。

明日も早朝からシフトが入ってるんだ。しかも結構な体力仕事。

ぐずぐず長引かせて寝不足とか、マジ勘弁(かんべん)。

「こいつは……どーすっかな」

タッチの差で俺のものにならなかった虚の剣を見下ろす。

最初に素手で触れた人間と融合し、異能を与える摩訶不思議なオカルトグッズ。

かなりの貴重品らしく、魔剣士協会が喉から手が出るほど欲しがっている代物。

こいつを捌(さば)けば、結構な大金が懐(ふところ)に転がり込む筈。

我が家の慎ましい経済事情を考えたら、纏まった金が入るのは非常に有難い。

少し考えた後、俺は虚の剣を拾い上げ、ベルトで後ろ腰に括(くく)り付けた。

微妙に邪魔だが、戦闘時はそこら辺に放り投げておけば問題ない。

――よし。行くか。

跳躍の勢いを突進力に転じさせ、一刀を振り下ろす。

反応が遅れた下天使(エンジェル)の頭頂部から股にかけてを断ち、右半身と左半身に斬り分ける。

「12」

着地と同時に膝を大きく曲げ、踏み込みへと繋(つな)ぐ。

今の一撃はイマイチだったな。やはり地に足がついていないと威力半減だ。

「13」

踏み込んだまま重心を低く保(たも)ち、腰の捻りと腕の振りを連動させ、横薙ぎ一閃。

よく研いだ鎌で雑草を刈る時のような軽い手応えと共に、別の下天使(エンジェル)を狩る。

まあまあ悪くない。70点。

体幹と背筋を意識すれば、もっと良くなりそうだ。


出くわす天使どもを都度(つど)斬り捨て、離れ牢を練(ね)り歩く。

その傍(かたわ)ら、魔剣との融合に伴って流れ込んできた情報を、頭の中で整理する。

——魔剣は、持ち主に三種の異能を与える。

そのひとつが、今この瞬間も発動させている『身体強化(エクストラ)』。

効果は読んで字の如く。肉体を限界以上に活性化させ、能力を引き上げるチカラ。

筋力や体力は勿論、思考速度や反応速度に至るまで何倍にも高められている。

自己治癒能力も凄まじい。脇腹の傷が、いつの間にか塞がっていたほど。

ただ、だからこそ扱いが難しいと、すぐさま気付かされた。

下天使が攻撃を空振った際、すっ転んだのと同じ理由。膂力に対し、体重が軽すぎるのだ。

軽自動車にスポーツカーのエンジンでも積んだようなアンバランス。

ゆえに絶えず全身の連動を意識しなければ、十分な威力が剣に伝わらない。

少し律動が狂うだけで、思った通りの攻撃が繰り出せなくなる。

これが滅茶苦茶にもどかしく、気持ち悪くて仕方なかった。

——どうも、ぎこちなさが抜けないんだよな。

単発の攻撃なら多少コツを掴めたと思うが、連撃時の繋ぎが素人目に見ても明らかに甘い。

こんなことなら、武道なり格闘技なり習っておけば良かった。


「シッ！」

虚空から魔剣を逆手で掴み取り、背中越しに刺突を放つ。

刃先が貫いたのは、両腕の剣をカマキリのように振り上げた下天使の胸部。

正面から出くわせば突撃、背中を見せれば忍び足。嫌らしい行動パターンだ。

突き刺したまま刀身を半回転させ、より深く抉(えぐ)る。

魔剣を引き抜くと、傷口から血の一滴すら流すことなく倒れ伏す。

返り血で汚れないのは助かる。無機質な見た目通り、血も涙もありませんってか。

「14。そろそろ過半数は片付いたか？」

息を殺し、鋭敏化した五感で周囲を探る。

残り7……いや、8。しかも、うち7体は同じ場所に固まっている。

恐らくそこに、この離れ牢の核がある筈。

「1対7か。勘弁願いたいね」

魔剣と核石(コア)。両方が内部に揃(そろ)っていなければ、離れ牢は存在を保てない。

理由は知らないけれど、そういう仕組みなのだとか。

――手薄になってくれないものかと、あえてデカい音を立てながら動いたんだがな。

生命線だと理解しているのか、離れ牢の天使たちは重点的に核石(コア)を護ろうとする。

呑まれた奴の9割以上が助からない最たる理由だと、どこかで聞いた話を思い出す。

――いっそのこと、救助を待つか？

核石(コア)の近くに戦力が偏ってるなら、それもアリ。

発想の転換。我ながらナイス妙案……と言いたいところだが、生憎そいつはナシだ。

もうひとつ厄介な情報を思い出した。離れ牢に長く滞在するのは、マズい。

「やむを得ない、か」

足元に横たわった下天使（エンジェル）が、光の粒となって魔剣へと吸い込まれる。

その光景を見とめた後、盛大に溜息を吐き、気配が固まった方へと向かった。


離れ牢に呑まれ、そろそろ1時間。

虚の剣が刺さっていた部屋と同等の広さを持つ空間に出た瞬間、それが目に入った。

「ビンゴ」

広間の中心に浮かぶ、金色の輝きを帯びた歪（いびつ）な菱形（ひしがた）の岩。

なんというあからさまなスタイル。どう考えてもアレが核石（コア）。

もし違ってたら出るとこ出てやるぞってレベル。紛らわしすぎる。

〈aaaa〉

〈aa〉

〈aaaaaaaa〉

その周囲には、片手の指を埋めてなお余る数の天使たち。

いずれも今まで遭遇した連中と同じ最下級、第九位の下天使（エンジェル）だったが——

「ッ」

両腕が剣ではない個体が居た。

内訳は7体のうち2。いずれも左腕は指先の尖(とが)った、人のそれに近い造形の手。

そして右腕は、矢が番(つが)えられたクロスボウ。

「や、べ」

鏃(やじり)がこちらに向けられていると視認した瞬間、考えるよりも早くサイドステップ。

俺の心臓があった位置を灰色の矢が通り抜けたのは、そのコンマ数秒後。

胸を撫で下ろす暇もなく放たれる二の矢。

体勢が悪く、避けるのは無理だと判断し、魔剣を盾代わりに防ぐ。

衝撃で大きくのけぞらされ、たたらを踏んだ。

——お、もっ。

身体強化(エクストラ)を発動させているにもかかわらず、弾(はじ)き飛ばされかけた。

矢と言うよりライフル弾。ヒグマとかを一撃で仕留められるようなやつ。

尋常な人間の数倍に及ぶ身体能力を持つ下天使(エンジェル)だからこそ撃てる強弓(ごうきゅう)。

こんな代物、何度も凌げない。クロスボウ持ちを最優先で排除すべく身構える。

しかし、残る5体の剣持ちが進路を遮るように押し寄せてきた。

「チィッ」

下天使(エンジェル)の太刀筋は疾(はや)く鋭いが、単調かつ動作も大きいため見切りやすい。

5体同時に迫ってこようと、各個撃破はそこまで難しい話ではなかった。

けれど後衛が控えているなら話は別。遮蔽物のない広間は飛び道具に打って付けの環境。

多数に囲まれた状況で回避或いは防御に一手を強制されたら、そのまま袋叩きだ。

せめてもの幸いは、奴らの動きに連携も何もあったものではないことか。

反射的に獲物を攻撃するだけの、昆虫同然な知能しかない連中で本当に助かった。

〈aaaa〉

〈aaaaaaaa〉

剣持ち5体を捌きつつ、クロスボウ持ちの様子を確認。

金属の軋(きし)む音を響かせながら、ちょっとしたロープ並みに太い弦(げん)を引いている。

あれだけの張力(ちょうりょく)だ。再装填(そうてん)まで、あと10秒は必要な筈。

〈aaaa――〉

「ぐ、鬱陶(うっとう)しいっ!」

俺と下天使(エンジェル)の膂力は、ひと回りこっちが上。

が、未だ身体強化(エクストラ)を使いこなせているとは言い難いため、実質的には互角以下。

剣持ちを振り切ってクロスボウ持ちへと肉薄し、即座に仕留めるのは無理筋。

かと言って10秒足らずで剣持ち5体全て打ち倒す、なんて選択肢も現実的ではない。

「ああ、くそ……こうなったら……！」

少しばかり危ない橋を渡る羽目になってしまうが、生憎と他に有効な手を思いつかん。

一か八か――『魔剣技(アーツ)』を使うしかない。


魔剣が持ち主に与える三種の異能のひとつ、魔剣技(アーツ)。

剣に宿る千差万別な悪魔の固有能力を瞬間的に増幅させ、一気に解き放つ技法。

もっとも俺が持つ無銘(レギオン)は、その悪魔とやらの銘(な)さえ分からない段階の未熟な魔剣。

よって今から繰り出すのは、唯一あらゆる魔剣に共通して備わった技。

シンプルゆえに扱いやすく、その性質も現状の打破に打って付けの代物。

とは言え、魔剣技(アーツ)は魔剣技(アーツ)。発動に際して伴う負荷も消耗も、身体強化(エクストラ)より遥(はる)かに大きい。

まだ身体に魔剣が馴染(なじ)んでいない現状では、一層顕著(けんちょ)だろう。

だからこそ使わずに済ませたかったが……そのせいで死んだら、元も子もない。

「邪魔だ」

ハイエナのように俺を取り囲む下天使(エンジェル)たちを、力任せに弾き飛ばす。

稼げた猶予は約2秒。対多だった初陣といい、シチュエーションが厳しすぎて参る。

が、文句や言い訳を並べたところで、この孤立無援の状況じゃ誰も助けてくれない。

失敗したら死ぬだけ。そんな状況が冷静な精神と噛み合い、普段以上の集中力を生んだ。

「ふぅぅるる」

姿勢を落とし、魔剣を腰だめに構える。

併せて、蒼い炎——高密度のエネルギーを、刀身へと収斂させた。

「『飛斬』アッ！」

イメージを固める一助として技の名を叫び、横薙ぎに剣を振るう。

立ちくらみに似た脱力感と共に、その切っ尖から蒼炎が射出された。

「ぐっ……ぅ」

三日月形の刃となった蒼炎が、太刀筋の延長線上へと飛来していく。

向かう先は、第一射を撃った方のクロスボウ持ち。

射線を遮る位置に居た剣持ち下天使1体を斬り裂く。

僅かに勢いを落とすも、そのままクロスボウ持ちも両断した後、爆ぜて霧散する。

「ふぅうぅッ……！」

振り抜いた魔剣に、再び蒼炎を纏わせる。

魔剣技（アーツ）の初使用が連射とは、なんともハードな要求。

だがしかし、初太刀で要領は掴んだ。

「ブッた斬れぇッ！」

より疾く鋭く、刃を放つ。

今度は2体の剣持ちを巻き込み、その先のクロスボウ持ちを仕留める。

刃は黒い石の壁へと衝突し、大きな傷を刻み付けて霧散した。

「くっ……」

またも全身を襲う脱力感。けれど倒れるには少しばかり早い。

〈aaaa〉

〈aa――〉

広間に響き渡る、およそ人間の声帯では発生不可能な高音。

示し合わせたワケではないだろうが、左右から同時に攻撃を仕掛けてくる下天使（エンジェル）たち。

「……こ、のっ――」

千鳥足（ちどりあし）を踏みつつ、都合4本の剣を躱す。

直後の間隙を突くべく歯を食いしばり、魔剣の柄を握り締める。

「らぁっ！」

振り絞るような渾身で放った回転斬り。

正確に首筋を捉えた刀身が、軽い手応えを二度、掌へと伝わせる。

最後、慣性(かんせい)を御し損ね、床を擦る切っ尖。

併せて下天使(エンジェル)の頭が2つ、俺の足元を転がった。

魔剣を床に突き立て、片膝をつく。

「はーっ……はーっ……」

視界が暗い。貧血を起こした時の症状に似ている。

流れた時間にしてみれば僅かな間の、それでも相当な綱渡りだった。

取り分け、ぶっつけで魔剣技(アーツ)発動とかノット正気の沙汰(さた)。下手すれば暴発してた。

それを連射とか、やはりチュートリアルの難易度ではない。現実ってハードモード。

「ふぅ……っ……ン……？」

あちこちで倒れた7体の亡骸が一斉に光の粒と化し、魔剣に吸い込まれていく。

その現象に伴い、身体が随分(ずいぶん)ラクになった。

なるほど。チカラが増すだけじゃなく、回復の手段にもなるのか。

上手く利用すれば、連戦だろうと長期戦だろうと、ほぼ疲れ知らずで臨めそうだ。

まあ、今回のような体験は二度と御免(ごめん)だが。一回でも味わえば十分すぎる。

「さっさと帰るか……」

離れ牢の中心である核石（コア）もまた、常夜外套で護られた存在。

しかし本体は非常に脆（もろ）く、力場さえ貫けば触っただけでも容易（たやす）く砕け散るらしい。

いっそ飛斬（スパーダ）で核石（コア）を直接狙った方が話は早かったかも知れないが、実行は避けた。

核石（コア）の破壊と離れ牢の消滅にラグが存在する可能性を考えると、流石にリスキー過ぎる。

…………。

何はともあれ、唐突かつ傍迷惑（はためいわく）なアトラクションは、これにて終了。

期せずして魔剣士になどなってしまったが、今後のことは明日の俺が考えてくれる筈。

「頑張れ明日の俺――ッ!!」

言葉尻を噛み切り、咄嗟に飛び退（の）いた。

背中に氷柱でも差し込まれたような悪寒を受けての、反射的な行動。

「なっ」

振り返った先、広間の一角。俺と核石（コア）を結んだ線の、ちょうど中間あたり。

何もない虚空に――大きく亀裂が奔った。

徘徊（はいかい）する下天使（エンジェル）を概ね片付け、核石（コア）にさえ寄らなければ安全が確保されつつあった状況。

にもかかわらず、危険を冒（おか）してまで自力での脱出を選んだのには、当然理由がある。

俺の人伝いに聞いた知識が正しければ、離れ牢は時を重ねるほど内包するチカラが増す。

そしてチカラが増せば、より高位の天使が牢に喚（よ）び寄せられ、獲物を襲うのだとか。

万一そんな事態に及ぼうものなら、生還は一気に遠のいてしまう。

ゆえにこそ早急な解決を図ったのだが……どうやら一手、間に合わなかったらしい。

〈Ｌｏｏｏｏｏｏｏｏ――〉

ヒビ割れた空間が砕け、穿（うが）たれた暗闇の奥から鳴り渡る、獣の唸（うな）りに似た発声。

ほどなく穴をくぐり抜けて現れる、声の主。

〈Ｌｏ、Ｌｏ、Ｌｏｏｏｏ〉

３メートル近い体躯（たいく）。腐りかけた肉骨を繋ぎ合わせ、無理やりヒトガタへと整えた輪郭。

ひたすら無機質だった下天使（エンジェル）とは対極的な、ひどく血生臭（ちなまぐさ）い姿。

およそ真っ当な生物とすら評し難い、まさしく怪物じみた異様な風体。

延（ひ）いては、その全身を色濃く覆う黒い力場、常夜外套から発せられる膨大な熱量。

肌身を突き刺さんばかりの、刺々（とげとげ）しい威圧感。

身体強化（エクストラ）によって鋭敏化された五感が、脅威度を静かに推（お）し量る。

――強いな。

今まで出くわした下天使など、こいつと比べたら仔猫に等しい。

ひとつ階級が変わるだけで、こうも隔絶するものなのか。

「『大天使』……で、いいんだよな？」

シチュエーション的にそう考えるのが順当だが、下から二番目でこれとは、全く恐れ入る。

さながら恐竜とでも遭遇したような心地。魔剣と融合する前だったら震えてたかもな。

幸い、今の俺に恐怖心はない。代わりに抱いている感情は、天使に対する純粋な敵意。

つーか、ふざけんな。チュートリアルにエクストラステージなんぞ組み込みやがって。

無闇矢鱈と難易度上げればいいってもんじゃねぇだろ。誰か俺に恨みでもあるのかよ。

「ふうぅっ」

深く息を吸って全身に酸素を回し、霞構えで大天使へと切っ尖を突き付ける。

その敵対行為に反応したのか、向こうもまた臨戦態勢を取った。

〈Ｌｏｏｏｏｏｏｏｏ〉

バチバチと響くスパーク音。夥しい紫電が圧し固まって槍を模り、大天使の手中に収まる。

そして、刺突を放たんと異形の腕を引き絞る間際——俺は大きく後ろに跳んだ。

「残念。真面目に戦ってやる気なんざ1ミリもねーんだ、これが」

7体の下天使を取り込んで回復したとは言え、全ての消耗を癒やすには足りなかった。

現状のコンディションは、最大値の7割前後。

感じた地力の差も計算に入れて考えれば、正面戦闘を挑(いど)むなど無謀もいいところ。

ゆえに速攻。狙うは超短期決戦。

大技を連続で繰り出し、なし崩しで強引に勝ちを掠め取る。

「ふうぅぅるる」

バックステップの最中、腰だめに魔剣を構え、蒼炎(エネルギー)を刀身へと収斂。

着地と合わせて、渾身の一刀を振るう。

踏ん張りを腰に乗せ、腕に伝わせ、作り出した勢いを切っ尖まで注ぎ込むイメージ。

今日一番に滑らかな所作。状況は悪化する一方だってのに、集中力は加速度的に増していく。

逆境に立たされても頑と揺るがぬ精神。個人的には肉体の強化より、こっちの方が有難い。

頭の中を弄(いじ)くられてるみたいで、正直あまりいい気はしないが。

「飛斬(スパーダ)アッ！」

雑念を払い、身体の中から活力が抜け落ちていく感覚と共に斬撃(ざんげき)を飛ばす。

太刀筋をなぞって飛来する、三日月形の蒼炎(エネルギー)。

出し抜けの一撃に反応が遅れた大天使(アークエンジェル)の肩口へと、吸い込まれるように直撃した。

下天使(エンジェル)の数倍は濃い常夜外套と飛斬(スパーダ)が衝突し、激しく火花を撒き散らす。

「はあぁっ！」
その光景を見据えながら、間を置かず、返す刀で二の太刀を放った。
「まだ、まだァッ！」
更に三の太刀、四の太刀、五の太刀と繰り出していく。
残る全ての体力を搾り尽くす意気で、飛斬を撃ち続ける。
——あの槍。アレは相当ヤバい。
穂先が掠っただけで感電死するだろう、落雷にも等しい電気の塊。
あんなものを平然と作り出せる化け物に手番など許せば、確実に御陀仏。
——先手必殺。我ながら良い判断だった。
向こうは離れ牢へと喚び出されたばかり。まだ本調子ではない。
ギアが切り替わる前に押し切る。そうする以外に勝機はないという確信があった。
だから、目が眩もうと、吐き気が込み上げようと、ひたすら攻め続けた。
全くもって、悪ふざけが過ぎる難易度だ。
「ツ……ツツ……」
刀身に蒼炎を集められなくなったのは、7度目の飛斬を撃ち終えた後。
身体強化が俺の意思に反して解除され、四肢に力が入らず、膝をつく。

口の中に広がる血の味。限界まで走り抜いた時のような疲労感。

外見よりも軽い魔剣を持ち上げることさえ適(かな)わず、切っ尖が黒い石の床を擦る。

「はーっ……はーっ……っ、ゴホッごほっ！」

息をするのも一苦労。まさしく精根尽きた、といったところか。

けれど――倒れるワケにはいかない。

「ぐ、くっ……！」

分かる。まだだ。まだ足りない。

せめて、あと一撃。あと一発。

もしそこまでやって駄目なら、無理ゲーだったと潔く諦(あきら)めよう。

「ふうぅぅ……ッ」

よろめきながら立ち上がり、再び大天使(アークエンジェル)へと向き直る。

奴は7つの飛斬(スパーダ)に咬(か)みつかれ、完全に動きを封じられていた。

だが、この状態が続くのも恐らくあと十数秒。今が最初で最後のチャンス。

柄を両手で握り締め、蒼炎(エネルギー)を纏わせようと必死で力む。

視界の端に何かがチラついたのは、そんな時だった。

〈ａａａａ〉

戦闘音に誘われてか、広間へと踏み入ってきた下天使（エンジェル）。

元から離れ牢に存在していた天使、その最後の1体。

「！」

文字通り天の助け、などと下らない洒落（しゃれ）を胸の内でこぼしながら、駆け出す。

もはや満足に身体強化（エクストラ）を発動させる余力すら残っていない。

ゆえに両脚だけを強め、10メートル近かった間合いを即座に詰める。

「寄越せぇぇぇぇッ！」

魔剣を振りかぶり、今度は右腕にチカラを集中させ、一閃。

こんなズタボロの有様だってのに、自分でも驚くほど鋭い剣戟（けんげき）だった。

空振りを錯覚するほど薄い手応え。顔が映り込むくらい滑らかな断面を残し、落ちる胴。

立ち尽くした下半身が倒れるよりも先、光の粒へと解ける骸（むくろ）。

ひと粒残らず魔剣へと吸い込まれ、刀身が脈動する。

「ハハッ」

乾ききったスポンジに水滴を垂らされたような感覚。

ほんの僅かだが、活力が戻る。

「――――」

魔剣を構え、振り返りながら薙ぎ払う。

刀身に収斂させた蒼炎（エネルギー）を、正真正銘ありったけのチカラで撃ち放った。

「ああぁぁぁぁあああッ！」

射出の後、三日月形の蒼い炎に仄（ほの）かな銀色が混ざっていることに気付く。

それが何を意味する現象であるのかは、生憎と分からなかったが。

「い、け……！」

本日10発目の飛斬（スパーダ）は、寸分違（たが）わず異形の怪物へと斬りかかる。

1秒か2秒の拮抗（きっこう）を経て大天使（アークエンジェル）の身体を勢い良く押し込む、銀色を孕（はら）んだ蒼炎（エネルギー）。

そして、とうとう常夜外套を突き破り——甲高い叫び声が、広間を震わせた。

ドス黒い血を撒き散らし、ぶちぶちと断ち斬れる骨肉。

併せて雷槍がカタチを失って弾け、持ち主の絶命を示唆（しさ）する。

一方で標的を裂き、尚も勢いを余らせた飛斬（スパーダ）。

その蒼銀の刃は、太刀筋の延長線上に浮かんでいた核石（コア）と衝突。

諸共（もろとも）に砕き伏せ、空気へと溶けながら霧散した。

「……終わった……の、か……？」

消耗し過ぎて、うまく頭が回らない。

いっぺんに静まり返った周囲を何度も見渡した末、ようやく理解が追いつき始める。

生き残った、と。

「……軽く3回は死んだかと思った」

魔剣の刃先を床に突き立て、胸を撫で下ろす。

まさしく九死に一生。特に最後の流れは出来過ぎだ。

間一髪で虚の剣まで辿り着けたことといい、大したラッキーデイ。宝くじ買おうかな。

まあ本当にツイてる奴なら、そもそも離れ牢に呑まれたりしないか。

運は運でも悪運。ギャンブルには活かせそうもない。残念。

「ン」

安堵する最中、大天使の亡骸と砕けた核石が光の粒へと変わる。

そして刀身に吸い込まれ、ほぼ完全に尽きてしまった体力を回復――否。

回復どころの話では、なかった。

「ッ……!!」

魔剣を介し注がれる、下天使などとは比較にもならない膨大な熱量。

軽く押されただけで倒れそうだった身体が、活力で充ちる。

「はぁ、ぐっ、ふうぅぅるるるるっ」

疲労は瞬く間に癒え、上限すら突き抜けて溢(あふ)れ返るチカラ。

まるで自分が最強にでもなったかの如き全能感が湧き立ち、荒ぶる精神。

そんな激昂(げきこう)に押され、思考にノイズを走らせる凶暴な情動。

目に映る何もかもを壊したいという破壊衝動を、努めて無心となって抑え込む。

「――――」

どうにか気分が凪(な)いだのは、魔剣が光の粒を残らず平らげて、数分ほど過ぎた頃合い。

いつの間にか俺は、元の路地裏――離れ牢の外に立っていた。

「ふーっ……」

深呼吸を繰り返しながら、注意深く周囲に視線を巡らせる。

人影どころか生き物の気配もない。案の定、救助は期待するだけ無駄だったみたいだ。

代わりに見つけたのは、戦闘の邪魔にならないよう広間への突入寸前に捨てた虚の剣。

離れ牢の消滅の巻き添えを受けてなくて良かった。大金がパーになるところだ。

「……？」

拾い上げるべく近寄ると、一緒に転がっていたそれが目につく。

ビー玉サイズの、つやつやした黒い球体。

黒曜石に似ているけれど、よく確かめると暗闇の中で自ら淡く光を放っている。

とりあえず持って帰っておこうと思い、ポケットに突っ込んだ。

次いで魔剣を手元から消し、代わりに虚の剣を掴み、立ち上がる。

「どーすっかな」

空いた手でスマホを弄びつつ、少し考えた。

現状を鑑みれば警察か魔剣士協会か、或いはその両方に通報すべきなのだろうが……。

「……いろいろ調べた後でも、遅くないか」

魔剣士という存在の危険性は、この1時間余りで十二分に理解した。

そんな連中が大勢在籍する組織の実態さえ曖昧なまま関わるとか、普通に勘弁。

…………。


それよりも、今一番に重要なことは、だ。

「姉貴になんて説明しよう」

頑丈な布地が一直線に斬り裂かれ、その周りには血が染み付いた学ランの脇腹。

身体の傷こそ身体強化の恩恵で塞がったものの、服は流石にどうにもならない。

――金網に引っ掛けた……とかじゃ、ちょっと無理あるよな……。

ひとつ溜息をこぼした後、意を決して重い足取りで再び帰路に就く。

願わくば、家へと辿り着く前に上等な言い訳が浮かんでくれることを祈りながら。

頑張れ、数十分後の俺。

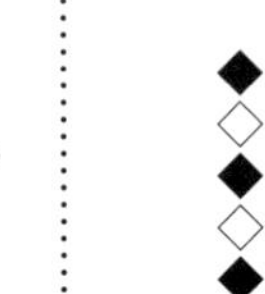

…………………………。

……………。

…………。


胡蝶ジンヤが自らの手で離れ牢を脱し、家路に就いてから、およそ30分。

軽快な足運びで周囲の屋根を飛び移り、宙を駆け抜けた人影が、路地裏へと着地する。

「――ユカリコだ。指定の座標に到着した」

袴姿に編み上げブーツを履き、金具だらけのロングコートを羽織った、奇天烈な格好。

褐色の肌と腰まで伸びた白い癖毛が特徴的な、背の高い、邦人離れした容貌の女性。

〔御苦労様。入り口は？〕

「……見当たらん。やはり既に閉じた後のようだな」

マイク付きのワイヤレスイヤホン越しに告げた女性――ユカリコが眉間に皺を寄せる。

彼女の報告はつまり、ここで発生した離れ牢に呑まれた被災者の凶報を示していた。

〔そう……分かった。剣の回収をお願い〕

「了解」

ユカリコはしばし目を伏せた後、おもむろに手を伸ばす。

「酔い痴れろ——『酒呑童子(シュテンドウジ)』」

宵闇(よいやみ)の中、金色の輝きを帯び始める両瞳。

虚空に蒼い水飛沫(しぶき)が迸り、それを掴んだ瞬間、その手には一本の刀が握られていた。

刃渡りだけでも五尺余りの、いわゆる野太刀や大太刀に分類される大刀。

浅く反った峰を肩に担(かつ)ぎ、ユカリコは何かを探し始める。

離れ牢は囚(とら)われた人間が死ぬと入り口を閉じるが、その際に僅かな継ぎ目を残す。

俗称で『聖痕(スティグマ)』と呼ばれる、身体強化(エクストラ)発動中のみ視認可能な痕跡。

そして、銘(なまえ)を取り戻した第二段階の魔剣ならば、強引にこじ開けることもできる。

虚の剣は今や、離れ牢でしか新たな調達が適わない代物。

ゆえに魔剣士協会は、特殊な系統の異能を有する者たちに定期的な探査を行わせている。

表向きこそ被災者の早急な救助のためという題目だが、しかし実際は人命など二の次。

少なくとも協会上層部にとっては、虚の剣の回収こそが主目的の活動。

「……？」

金の瞳を忙(せわ)しなく周囲へと泳がせた末、やがて怪訝(けげん)な表情を作るユカリコ。

イヤホンが着いた左耳を掌で覆いながら、通話先の相手に疑問符を向けた。

「本当にここで合っているのか？　聖痕(スティグマ)がないぞ」

〔え……？　そんな筈……〕

空間の継ぎ目は時間経過と共に薄れ、やがて消え失せる。

が、流石に数十分そこらで塞がりきるような代物ではない。

考えられる可能性は、二通り。

探査に不備があって場所を間違えたか、或いは。

〔……まさか……被災者が、自力で……？〕

「馬鹿な」

あり得ない、とユカリコは首を振った。

「下天使(エンジェル)や大天使(アークエンジェル)だけなら兎(と)も角(かく)、今回お前が捕捉したのは『聖人』だろう」

ならば戦闘能力は、最低でも第六位相当。

「にわか仕込みの魔剣使いが太刀打ちできるものか」

そう切って捨て、手近な建物の屋根へと飛び乗るユカリコ。

「ひとまず周囲の捜索を行う。体力が戻ったら、また探査を頼む」

〔……お願い。結果が出たら、こっちから連絡するわ〕

一旦通話を終え、ぐるりと辺りを見渡す金色の瞳。

しかし道が入り組んでいる上、ほとんど街灯も立っておらず、視認性は劣悪だった。

「シラミ潰しだな、これは」

小さく鳴り渡る舌打ち。次いで僅かに膝を曲げ、身を屈める。

直後、ユカリコの輪郭が大きくブレ——そのまま、音もなく姿を消した。

2章　魔剣鍛造

短くも濃密な、まるで悪夢のようだった体験から一夜明けた。

あの後、無事家まで帰り着き、どうにか姉貴に悟られることなく学ランの処分に成功。

たっぷり8時間眠り、早朝のバイトに出かけ――俺は改めて、自身の変化を実感した。

「どうしたレイチェル、遅れてるぞ」

先々週から任されている、ボルゾイ3頭の散歩代行。

ぎっくり腰で動けない依頼主に替わり、川沿いのコースを約1時間走り回るお仕事。

これが意外と重労働。元は狼狩りの猟犬だっただけあって、やたら足が速い上に力も強い。

そんなのが3頭。昨日までは毎回引きずり倒され、終わる頃には息切れ必至だった。

が、今日は違う。

「身体が軽い……」

現在、人気（ひとけ）のない土手を全力疾走する超大型犬たちと併走中。

時速およそ50キロメートル。短距離走メダリストの瞬間最高速度をも上回るスピード。

――つくづく大したもんだな、魔剣士ってのは。

クラスの奴らが毎日のようにコレ関連の話題で盛り上がってるのも頷ける。

良くも悪くも特別を求めがちな中高生には、存在自体が劇薬すぎる。

魔剣との融合で精神性が変質していなかったら、俺も相当はしゃいだだろう。

妙に冷静さが保たれるもんで、少しばかり気持ち悪いが。


疲れてぐったりしたボルゾイたちを依頼主の家まで送り届け、今朝のバイト完了。

超大型犬３頭の散歩代行、１時間につき1万円。そのうち半額が俺の懐に入る。

つまり時給５千円。改めて勘定したら、なんてボロい仕事だ。


「帰りました」

ゴチャゴチャと乱雑に物が積まれた、小汚い陳列。

ラインナップも楽器だの骨董品だの珍妙な置き物だの、纏まりが感じられない。

どうせ何かが売れたことなんて一度もないんだから、いっそ全部処分すればいいのに。

「ふっ……よっと……」

前に肩をぶつけて雪崩を起こし、生き埋めとなった反省を踏まえ、注意深く進む。

やがて危険区域を越え、奥の事務所に抜けると、店長代理がキーボードを叩いていた。

「んー、お疲れ。木村のオッサン、腰の具合どうだった？」

「まだ少し痛むみたいで、とりあえず今週いっぱいは依頼続行です」

「そうか。じゃあ、それまで頼むわ」

「はい」

離煙パイプをくわえ、紫色の髪を適当に纏めた、気だるそうな佇まいの女性。

俺の雇い主。去年、店の前で求人チラシを拾ってバイト希望と勘違いされてからの縁。

歳は知らない。見た目的には俺とそう変わらないから、たぶん20歳そこそこ。

名前は吉田リオ。基本的には店長代理、或いは代理と呼んでいる。

ついでに言うと、正規の店長とやらには会ったことすらない。

「夕方は草刈りに行ってくれ。場所は後で送っとく」

「了解です」

店頭商品が全く売れないこの店の経営は、主に代行業と仲買業で成り立っている。

アルバイトかつ高校生の俺に回ってくるのは、草刈りや犬の散歩などの細々した雑用。

しかし、これが中々いい小遣い稼ぎになる。どんな仕事も外注すると高くつくのだ。

引き受ける側としては、なんともオイシイ話。

「あー、あと配達も1件頼む。近くだから直接届けた方が早い」

エアキャップシートで梱包された塊とバイクのキーを放り渡され、片手で掴む。

相変わらず物の扱いが雑な人だ。

「中身はそこそこ値打ちモンの茶碗だから気ぃ付けろ。届けたらそのまま学校行きな」

「いや、ウチの高校バイク通学禁止なんですけど……てか割れ物を投げないで下さい」

店長代理は本人曰く、各方面に様々なツテを持っているのだとか。

実際その人脈を活かし、大抵の品は数日もあれば容易く手元に仕入れてしまう。

必然、顧客の多くは仲買。普段の羽振りを窺うに、商売は上手くいっていると思われる。

ますます店頭にガラクタを並べる意味が分からない。なんだろう、税金対策？

………。

まあ、そんなことはひとまず置いといて。

「あの、代理。実は依頼人として話があるんですが」

「お前が？　珍しいこともあったもんだな」

キーボードを叩く手を止め、椅子ごと俺に向き直る店長代理。

「いいぜ、何が欲しいんだ。特別に社員割で引き受けてやるよ」

「あ、いえ、買い物じゃなくて――」

家にあった竹刀袋の口紐を開け、中身を引っ張り出す。

代理は数ヶ月ほど前、同じものを商品として仕入れていた。

だから彼女に依頼するのが一番手っ取り早いと考え、早速持って来たのだ。

「――こいつを、売り捌いてほしいんです」

露わとなった虚の剣に、店長代理が目を見開かせた。


「どこで手に入れた？」

手袋を嵌め、注意深く剣を検めた店長代理。

やがて本物だと確信したのか、俺にそう問いかける。

「いや待て。お前さっき、こいつを素手で掴んでたな」

にもかかわらず、虚の剣と融合していない。

それはつまり、既に別の魔剣が混ざっているということ。

「他言無用でお願いします」

この人に事情を隠し立てしようとは思っていない。

むしろ逆。包み隠さず全て話し、色々と相談に乗ってもらうつもりだ。

そうでもなければ、そもそも虚の剣を見せたりしない。

「来い」

腕を伸ばした先の虚空で、蒼い燐火が弾ける。

それを掴むと、鏡のように磨き上げられた刃を持つ片手剣が、手中へと収まった。

「――なるほど、離れ牢か。そう言えば、ここらもギリギリ発生圏内だったな」

大まかに事の次第を話すと、店長代理は脚を組み替えながら納得したように呟く。

次いで髪と同じ紫色の目を細め、じっと俺を見やった。

「よく生きて帰れたもんだ。流石アタシの面接をくぐり抜けた精鋭」

顔を見るなり採用と言われた気がするけど。

しかもバイト希望ですらなかったのに、無理やり押し切られたし。

「……虚の剣をウチに持ち込んだってことは、魔剣士協会と関わる気はねぇのか？」

無言で頷く。

一度取り込んだ魔剣を分離させる方法は、宿主の死を除いて発見されていない。

そして協会は、一人でも多くの魔剣士を欲しがっている。

のこのこ名乗り出れば、否が応にも所属する羽目となってしまうだろう。

実態を詳しく知らない組織になし崩しで入るとか、普通に勘弁。

「ま、当然の判断だな。あそこは腕っぷし至上主義な連中の集まりだ。アレな奴も多い」

いずれ敷居を跨ぐにしろ、事前の準備は入念にやっておくべきだ、と言葉が続く。

世渡り上手な大人の御意見、感謝の極み。

「とりあえず高校を卒業(で)るまでは隠し通すつもりです。姉貴にも心配かけたくないんで」

あと半年ほど。

その後の判断は……その時の俺に任せるとしよう。

頑張れ来年の俺。

「妥当なセンだと思うぜ。精々(せいぜい)ボロを出さねーように気を付けろよ」

賛意を示した店長代理が、コツコツと指先で机を二度叩く。

話題を切り替える時の、彼女の癖。

「仕事の話に戻るが、流しの件は任せな。依頼料は……売り値の2割でどうだ？」

モノがモノだ。仕入れ先を明かさずに捌くとなると、かなり骨を折る筈。

にもかかわらず、随分控えめな請求額。

「折半(せっぱん)くらいで考えてたんですけど」

「虚の剣は日に日に価値が高騰してて、今や高級車並みだ。2割でも十分過ぎる」

取引は適正価格で、というのが店長代理のモットー。

多少の社員割こそ利いている筈だが、彼女がそう述べるなら、それが相場なんだろう。

「もしまた手に入ったらウチに卸(おろ)しな。欲しがる奴は山ほど居る、何本でも引き取るぜ」

「構いませんが……」

俺に他のツテなんかないし。

と言っても、そもそも次などあるとは思えないけど。

つーか、あってたまるか。


そうだ。忘れるところだった。

「代理。ついでにこれも見てもらいたいんですが」

離れ牢からの脱出後、虚の剣と一緒に持ち帰った黒い石を差し出す。

軽く経緯を添えると、店長代理は怪訝そうに受け取った。

「こいつは……天獄関連の品となると、天石(てんせき)か？　しかし、この色は……」

嵌めたままの手袋越しに掌上で転がされる黒石。

けれど詳細を見極めるには至らなかったのか、舌打ちと共に小さく首を振った。

「鑑定に回す。しばらく預かるぞ」

書類が散乱した机の上に石を放り投げ、次いで壁掛け時計へと向かう視線。

「……もうこんな時間か。それじゃ、配達頼んだ」

「はい」

バイク通学禁止なんだけどなー。

まあいいか。


配達を済ませ、高校近くの駐輪場にバイクを停め、素知らぬ顔で通学。

教室に入り、窓際の席へと腰掛け、ひとつ欠伸(あくび)を噛み殺した。

「――すっげぇ！　じゃあ伊澄(いすみ)くん、卒業したら魔剣士になるの⁉」

うとうとしてたら、不意に響いたデカい声。

視線を向けてみれば、教室の真ん中に人だかり。

なんだ。いつものやつか。

「とりあえず協会からスカウトされたってだけさ。話を受けるかどうかは、まだ考え中」

「絶対なった方がいいって！　伊澄くんならあっという間にトップだよ！」

分かりやすいおべっかを並べる、声のデカい太鼓(たいこ)持ち。

その一方、おだてられて満更でもない顔をしてる男子生徒。

伊澄クロウ。ウチのクラスの中心人物。いわゆるスクールカーストトップ層。

事あるごと、ああやって周りに聞こえるように自慢話をするのが恒例行事なのだ。

実際、誇るに足る経歴の持ち主なんだが。

何せインターハイ、全国選抜、玉竜旗の高校剣道三大大会で全優勝してる実力者だし。

要は日本一剣道が強い男子高校生。

加えて剣道を始めたのは高校に入ってからだとか。才能の塊かよ。

しかし、魔剣士協会からスカウトを受けた、ね。

なんともはや、俺にとっては随分タイムリーな話題だな。

…………。

そう。魔剣士とは本来、伊澄のような一握りの才人だけが通れる狭き門なのだ。

10年前の天獄出現当初、外周を取り囲むように存在が確認された、およそ千本の虚の剣。

その全てが回収された今、不定期に発生する離れ牢でしか新たな入手が望めない貴重品。

与える者への選考基準が厳しくなるのは自明の理。

選り抜きの武闘派で構成された組織ってのが、俺が魔剣士協会に抱いている印象。

ひとまず魔剣の所持を秘匿すると決めた理由も、そこにある。

武道や格闘技での功績など立てていない俺が、そんな集団に属せばどうなるか。

およそ想像に難くない。どう考えてもロクな目に遭わない筈。

そして恐らく、永久に隠し通すことも難しい。

いずれ必ず、魔剣士協会と関わりを持つ日が来るという確信めいた予感があった。

だからこそ、時間が必要なのだ。

腕自慢の荒っぽい連中相手に、ある程度は我を貫けるだけの武力を得るための時間が。

「で、俺の実力を見たいって言うから、用意された相手をちぎっては投げ――」

「スゲー！」

グループの仲間と会話しているテイで、周りに武勇伝を聞かせ始めた伊澄。

ああいう分かりやすく自己顕示欲が旺盛な態度は、実のところ嫌いじゃない。

「……剣道、か」

スマホを取り出し、動画サイトを開く。

適当にそれっぽい検索ワードを打ち込んで、始業までの間、何本か動画を回し見た。


魔剣士は異能の発動中、瞳が金色に変化し、光を放つ。

そのため滅多(めった)な場所では練習もできず、徹底して人目を避けなければならない始末。

「あれ？　胡蝶くん、今日は教室で食べないの？」

「たまにはな」

昼休み。

午前中に得た成果を試すべく実験場に選んだのは、校舎の屋上。

基本的に施錠されており、生徒どころか教員も入れない閉所。

下からは完全な死角で、高台という立地ゆえ近辺にここより背の高い建物もない。

それでいて十分な広さがある。まさしく打って付けだ。


「よっ、と」

校舎裏から壁を駆け上がり、背の高いフェンスを越えて着地。

パルクール選手もビックリの身軽さ。身体強化（エクストラ）の出力が昨日より更に高くなっている。

天使の亡骸が転じた光の粒を取り込んだ影響か、はたまた魔剣が身体に馴染んだためか。

どちらにせよ、こう劇的に変わられると、また慣れるまで振り回されそうだ。

……とりあえず、始めるとしよう。


「駄目だな」

振り回していた魔剣を手元から消し、小さく溜息を落とす。

授業中に様々な格闘技の動画を見漁（みあさ）り、動きを覚えて再現してみた次第。

今の俺は、身体能力も動体視力も集中力も、以前とは比較にならない。

お陰で大抵の動きも一度見ただけで精髄（せいずい）を食い取り、ほぼ完璧に模倣（もほう）することが適った。

が……ハッキリ言って、どれもこれも使い物にならん。

「所詮は前提が違うってことか」

剣道も空手も柔道も合気道もボクシングもレスリングも、あくまで対人用のワザだ。

あらゆる攻撃も防御も、それを向ける相手が天使（バケモノ）であることを想定した技術ではない。

延いては、使い手の能力が人間離れした領域にあることを想定した技術でもない。

とどのつまり、既存の武道や格闘技では魔剣士のスペックを全く引き出せない。

組み上げられた技術体系の方向性そのものが、俺の求めるところから著しくズレてる。

結論。取り入れるだけ時間の無駄。むしろ変なクセがついてマイナスになりかねん。

「どーすっかな」

他の魔剣士が戦うところを見られれば手っ取り早いのだが、流石に無理な注文だろう。

魔剣士協会の公式アカウントが広報用に上げている動画も、あるにはある。

しかし被写体のスピードにカメラの性能が追い付いておらず、資料とするには不向き。

「せめて練習台が居ればな……」

天使を相手取れば効率良く技術を培（つちか）える上、倒すことでチカラも得られる。

もっとも、それが可能な唯一の場である天獄は、魔剣士協会の厳重な管理下。

どちらにせよ、ないものねだりってワケだ。

「やれやれ」

燐火と共に再び魔剣を取り出し、身体強化込みでの素振りを始める。
かったるいが、コツコツ手探りでやっていくしかない。
地道な特訓あるのみ。
…………。
そう思っていたが——飛躍の機会は、割とすぐに訪れた。
それが良いことか悪いことかは、兎も角として。

期せずして魔剣士となって、あっという間に1週間が過ぎた。
もっとも、その間の出来事は、取り立てて特筆するほどのものでもなかったが。
いつも通り学校に行き、バイトをこなす日々に、魔剣と異能の練習が加わっただけ。
あとは細々した調べ物くらいか。兎に角、極めて穏当なルーティンの繰り返しだ。
お陰で魔剣士協会関連の事情にも多少詳しくなったし、チカラの扱いも随分こなれた。
元々あまり他人と深く付き合う方ではなかったから、誰かに怪しまれる様子もない。
虚の剣に関しても、店長代理曰く、早速買い手が見つかったらしい。
……合法的な取引なのかは敢えて聞いていないが、たぶん大丈夫だろう。
来週末あたりには金が入る予定。

しかも俺の取り分は、おおむね同額の宝くじ当選券と取り替えてくれるとのこと。

余計な税金を払う必要がない上、姉貴への説明も容易。素晴らしいアフターサービス。

そんな感じで諸々含めて、まさしく絵に描いたような順調ぶり。

今のところ、すこぶる上手くいっている。

…………。

そう。すこぶる上手く、いっていた。


とっぷり日も暮れた頃合、いつも通りにバイトを上がる。

けれど、いつもと違って真っ直ぐ帰らず、高校の屋上へと立ち寄っていた。

「ふううぅぅぅぅるるるる」

今夜は姉貴が夜勤で家に誰も居ないため、好きなだけ練習に費やせる。

アパートで魔剣を振り回すのは無理があるので、ここを間借り中。

「――ふッ！」

拾っておいた拳大の石を、身体強化付きの腕力で思い切り投げる。

そして10メートルほど先のフェンスへと衝突するより先、軌道上に回り込んだ。

「シィッ！」

縦に一度、横に一度、十字に刀身を振るう。

石はきっかり四等分に寸断され、俺の足元に転がり落ちた。

「よし。だいぶ仕上がったな」

70キログラムにも満たない身体に宿る、ヒグマをも片手で絞め殺せよう埒外(らちがい)な膂力。

少しでもバランスを崩せば自分自身が振り回される、非常にピーキーな異能。

だがしかし、あらかじめ作った『型』通りに動く方法を考案し、これがハマった。

ひたすら反復を重ね、所作を身体に染み込ませ、ほぼモノになったと思う。

そろそろ魔剣技(アーツ)を組み合わせた型の開発に移ってもいいタイミングだろう。

「別の練習場所、探さなきゃな」

屋上とは言え、流石に校舎内で飛斬(スパーダ)をブッ放すワケにもいかない。

どこか都合の良いところはないものかと、周辺の地図を頭に浮かべながら考える。

そんな最中。ふと違和感が背骨を伝った。

「ッ……？」

振り返りざまに軽く跳躍し、俺の背丈の倍近いフェンスへと飛び乗る。

ちりちりと背筋を炙(あぶ)るような感覚が示すまま視線を走らせ、ある一点で止めた。

「この感じ……まさか……」

最初こそ曖昧だったが、やがて確信に至る。

間違いない、と。

「離れ牢……？」


強化された五感が察知する人気を避けながら、夜道を駆ける。

建物の屋根や電柱などにも飛び移り、三次元的な直進を続けること数分。

やがて辿り着いた先は、住宅街の一角。

何の変哲もない一般家屋の前で、足を止めた。

「………」

妙だ、と反射的に思う。

灯り(あか)が点(つ)いているにもかかわらず、中から人の気配が感じられない。

代わりに神経を引っ掻くような悪寒が、より強く伝わってきた。

「ああクソ、マジか……」

俺の勘違いという僅かな可能性を祈りつつ、インターホンを押す。

返答ナシ。５回ほど繰り返すも、結果は変わらず。

やむを得ず玄関を開ける。鍵はかかっていなかった。

「失礼します」

一応、軽く声を張ってみたが、やはり無反応。

土足のまま……だと流石にマズいので、脱いだ靴を片手に上がらせてもらう。

音のするキッチンに行ってみると、鍋に火がかけっぱなしだった。

クッキングヒーターの電源を落としてから、周囲を見回す。

「……あった」

半開きの冷蔵庫。

そのすぐ手前の空間に奔る、赤黒い輝きを帯びた、大きな亀裂。

——やはり、勘違いではなかったか。

魔剣士協会が掲載している注意喚起に添えられた画像通りの外観。

離れ牢へと続く、一方通行の通り道。

「勘弁してくれ……」

どうやら俺の魔剣には、離れ牢の存在を察知する独自の性質が備わっているらしい。

あえて独自と断言したのは、そうとしか考えられないからだ。

もし他の魔剣にも同じ性質が備わっているなら、離れ牢の致死率はもっと低い筈。

………………。

とりあえず今は、そんなことどうでもいい。

「どーすっかな」

現状を頭の中で軽く整理しつつ、この場で取るべき行動を考える。

まず真っ先に思い浮かんだのは、魔剣士協会への通報。

と言うか、こうして現場に着くまでは、確認が済んだら普通にそうするつもりだった。

が、まさか発生源が他所様（よそさま）の家の中とは想定外。

通報に際し、何故（なぜ）気付けたのかと不審を買うのは確実。

俺は弁が立つ方じゃないし、ボロを出しかねない行為はなるべく避けたい。

第一、改めて考えれば協会に報（しら）せたところで救援が間に合う保証もない。

しかしそうなると、あとは俺が直接出向くか、いっそ見なかったことにするかの二択。

前者の案は、正直気が進まない。

閉じ込められた被災者に顔を見られる恐れがあるし、そもそも危険だ。

語るに及ばず、離れ牢の中は天使の巣窟（そうくつ）。前回生きて帰れたのは、半ば幸運の産物。

何より、赤の他人を助けるために自分の命を賭けられるほど、俺は聖人君子じゃない。

「……チッ」

結論。関わらずに立ち去るのがベター。

俺だって命は惜しいし、もし死ねば少なくとも姉貴は泣くだろう。

そんなリスクを背負ってやる義理、どこにある。

「────さん」

しばらく考え込んだ後、のろのろと踵を返す。

引き上げようと一歩踏み出しかけた瞬間、背中越しに微かな声が聞こえてきた。

「──おかあさん、おかあさんっ！」

赤黒い亀裂の向こうから響き渡る、必死に母親を呼ぶ幼い子供の叫び。

動きを止めた瞬間、ふと視界の先で半開きになっていたドアの奥へと焦点が合う。

リビングらしき部屋。

幼児向けの番組が流れるテレビ。

カーペットの上に散らばったオモチャ。

壁に飾られた、親子3人を描いたと思しきクレヨン画。

「ッ……もう知るか！　どうにでもなれ！」

半ばヤケクソで靴を履き直す。

そして。亀裂の中へと飛び込んだ。

大きく歪む周囲の空間。目まぐるしく移り変わる景色。

およそ数秒、船揺れに似た気持ち悪さが三半規管へと纏わりつく。

それが消え失せた後——俺は、黒い石で閉ざされた薄暗い通路に立っていた。

「……あーあ。やっちまった」

ちょうど1週間前にも引き込まれたばかりの、未だ記憶に新しい風景と空気感。

踏み入るつもりはなかったというのに、見事にやらかした。

こうなっては前と同様、核石（コア）を破壊しなければ脱出不可能。

躊躇（ちゅうちょ）ゼロでこっちを殺しにかかる天使（バケモノ）と、切った張ったのお時間。

ただ、意外と後悔はしていなかった。

「来ちまったもんは仕方ない。切り替えていこう」

もし仮に、あの場で子供の声に耳を塞いで帰っていたら、と少し考えてみる。

恐らく当分は罪悪感を引きずった筈。

そしてメンタルの低下は体調にも影響する。寝つきが悪くなり、飯も不味（まず）くなっただろう。

とどのつまり、他ならぬ俺自身の精神衛生を保つため、これは必要な行動だった。

後々、厄介を背負い込むことになるかもだが……そこら辺は、未来の俺に任せる。

頑張れ未来の俺。応援してるぞ。

「来い」

虚空に燐火を迸らせ、俺の中から魔剣を喚び出す。

既に発動中だった身体強化の出力を最大まで上げ、しばし目を閉じた。

「……広間は9つ。天使の数は……16か」

聴覚に身体強化のリソースを集中させ、反響定位の真似事を行う。

下天使と思しき甲高い足音のお陰で、地形の把握は容易だった。

「裸足で走ってるのが1人」

重心が高い。小さな子供ほどの重量を抱えている。

どうやら危険を冒す羽目になった甲斐はありそうだ。

もっとも、時間的な猶予はあまりないみたいだが。

「……まずいな」

追手の下天使が2体。走って行く先の広間にも、更に1体。

鉢合わせて囲まれるまで、あと数秒。

「間に合うか……？」

体勢を低く落とし、駆け出す。

あと少し倒れ込めば、顎を床に擦るほど極端な前傾姿勢。

色々試した結果、このフォームが一番スピードが乗る上、安定性も高かった。

「チッ」

目的地までは、２つ広間を越える必要がある。

しかし、そのどちらにも下天使（エンジェル）の気配。素通りしたいところだが、追ってこられたら面倒。

仕留めるしかない。それも、可能な限り速（すみ）やかに。

「まだまだ未完成の技術（ワザ）をこんな形で実戦投入かよ。なんでこう毎度毎度忙しないんだ」

疾走から7歩目でトップスピードに到達。数十メートルの通路を、２秒弱で走破する。

最初の広間へと抜け、左右に1体ずつ下天使（エンジェル）の姿を確認。

反響定位（エコーロケーション）で捉えた通りの配置。我ながら中々の精度だ。

「ふうぅぅ」

――こいつらを、３秒以内に片付ける。

「右前移動（ルートニ）」

まず狙うのは、右側の1体。

スピードを一切落とさず、踏み込みと合わせて方向転換し、直進で間合いを詰める。

「右薙ぎ（三番）」

逆手で構えた魔剣を振り抜く。

その勢いを利用して身体の向きを変え、左側の残る1体を正面へと据える。

「前移動」

間髪容れず、真っ直ぐ突っ込んだ。

下天使は機械的な反応で両腕の刃を振り上げたが——致命的に出遅れた。

「左切り上げ、右切り上げ」

人間なら心臓がある位置を交点に二連斬。

動きが止まった下天使の脇をすり抜け、延長線上の通路へと侵入。

立ったまま絶命した亡骸たちの倒れる音が聞こえたのは、2つ目の広間に着く直前。

が、生憎と悠長に喜んでもいられない。

ほぼ同時に視認した3体目の下天使は、クロスボウ持ちだった。

「左前移動」

俺に気付いた等身大ビスクドールのバケモノが、こちらに矢尻をピタリと添える。

知性が低いくせに、いや低いからこそ正確無比な照準。

引き剥がすのは難しいと判断した俺は、頬に冷や汗を感じつつタイミングを見計らう。

「ツー——右移動」

下天使が引き金を絞った直後、90度右に跳んだ。

射線と完全に平行な軌道。

視界がスライドする中、撃ち放たれた矢が鼻先を掠め、飛び去っていく。

ギリギリを攻めすぎたな。あとコンマ1秒早く跳んでも良かったか。

「左薙ぎ（七番）」

クロスボウは威力こそ脅威だが連射は不可能。躱せさえすれば格好の獲物。

くの字を描くように間合いを詰め、きっかり半回転、魔剣を薙ぎ払う。

またもその勢いを利用し、身体の向きを転換。

あの家の住人が居る筈の広間へと繋がる通路を正面に捉え、再三疾走。

スタートからここまでの所要時間、およそ8秒。

どうか間に合ってくれ、と祈るように走る。

更に2秒費やし、通路を抜ける。

そこで俺の目に映ったのは——抱いた子供を庇（かば）う女性が、斬り付けられる瞬間だった。

「うあああん！　うあああああああっ!!」

夕食の支度中だったのだろう、エプロン姿の女性。

倒れ込んだまま意識を失った母親にしがみつき泣きじゃくる、2歳か3歳ほどの幼児。

そして。黒い石床に広がっていく、真っ赤な血溜まり。

「……！」

外付けの理由で精神が安定してるってのも、慣れれば便利なもんだ。

魔剣と融合する前の俺なら、きっと即座には立て直せなかった筈。

——間に合わなかった。いや、まだだ。

——斬られたのは背中。恐らく傷口は内臓まで達していない。

——すぐに血を止めれば、しばらくは持つ。

矢継ぎ早な思考で結論し、改めて広間内の状況把握に努める。

天使は3体。いずれも剣持ちの下天使（エンジェル）。

倒れた母子を取り囲み、今まさにトドメを刺そうと動いていた。

俺との距離は10メートルほど。最短距離を全速力で駆け抜けても、届かない。

「ままよ」

柄を逆手に持ち替え、腰だめに構える。

その所作と並行で、刀身へと蒼炎（エネルギー）を収斂させた。

「右薙ぎ（三番）」

魔剣士に与えられる三種の異能のひとつ、身体強化（エクストラ）がもたらす埒外な膂力。

そいつに振り回されず扱うための『型』を、この1週間で作り上げた。

ルート一からルート八までの、八方向への移動。

一番から九番までの、九種類の太刀筋。

ものは試し程度の思いつきだったが、これが想像以上に上手くいった。

当然、まだまだ技術としては骨組みの段階。改善や肉付けの余地こそ大いにある。

が、それはつまり、裏を返せば伸び代（しろ）に恵まれてるってことだ。

俺はこの方法に確かな手応えを感じ、今後も研鑽（けんさん）を重ねると決めた。

そうなると名前も欲しいと考え、5秒ほどかけて『魔剣躰術（まけんたいじゅつ）』と命名した。

そのまんま過ぎる気もするが、こういうのはシンプルで分かりやすい方がいいのだ。

閑話休題。

「飛斬（スパーダ）」

腰だめに逆手で横薙ぎを放つ、三番の太刀筋。

振り抜いた刃先の延長線上へと、三日月形の蒼炎（エネルギー）を射出する。

……魔剣躰術の実戦投入は勿論、魔剣技（アーツ）と組み合わせての使用に至っては完全に初。

飛斬（スパーダ）は意外と撃つタイミングが難しい。思い通り飛んでくれて良かった。

〈ａａａａ〉

〈ａａ〉

位置取りが固まっていた3体の下天使（エンジェル）は、余さず飛斬（スパーダ）の攻撃圏内。

振り下ろされる間際だった都合6本の剣腕諸共、蒼く燃え盛る刃が首を断ち伏せる。

かなり際どかった。まさに間一髪。

蛍火に似た光の粒と化し、魔剣に吸い込まれていく亡骸。

ひとつ脈動する刀身を肩に担ぎながら、母子の元へと向かう。

「うえぇぇぇぇっ、うえあぁぁぁぁっ！」

相変わらず母親の懐で泣き喚（わめ）くばかりの幼児。

無理もない話だけれど、今は状況が状況。

さっさと黙らせなければ、ここへ更に天使を呼び寄せかねない。面倒が増える一方だ。

……子供の相手は、あんまり得意じゃないんだがな。

「おい、ボウズ」

魔剣の刃先で床を叩き、注意を引く。

視線がこっちを向いてから一拍の間を挟み、人差し指に蒼い炎を灯（とも）した。

続けて中指、薬指、小指と、順繰りに灯火を増やす。

飛斬（スパーダ）の応用。子供騙（だま）しの手品だが、まさしく子供相手には効果てき面だった模様。

泣きっ面のまま目を丸くし、呆然（ぼうぜん）と俺を見上げていた。

「俺は魔法使いだ。ママを助けてやるから、もう泣くな」

以前ベビーシッターの仕事を回された時の経験を思い出しつつ、言葉を選ぶ。

本当は魔剣士だけど、声を抑えてくれさえすれば、この際なんでもいい。


魔剣士は高い自己治癒能力を持つため、大抵の傷は身体強化(エクストラ)を発動させていれば治る。

しかし一応の備えとして、応急処置の方法をひと通り覚えておいて良かった。

――差し当たり、これで大丈夫だろう。

女性が身に着けていたエプロンを使っての止血。

鋭利すぎた傷口が逆に功を奏し、少し圧迫したら割と簡単に血を止められた。

が、依然と意識がない。倒れる際に子を庇ったことで受け身が取れず、頭を打った模様。

軽い脳震盪(しんとう)くらいで済んでいればいいが、離れ牢(ここ)の石材はやたらと硬い。

もしも脳挫傷(ざしょう)などが失神の原因だった場合、俺では流石にどうしようもない。

正確な症状の判断ができない以上、下手に動かすのも危険。

このまま安静にさせておくのが、現状最もベターな選択。

「まほーつかいさん……おかあさん、なおった……？」

手を止めた俺に、おずおずと尋ねてくる子供。

マジモノの魔法使いだったら治せたかもだが、生憎こちとらパチモノの魔剣使いだ。

「ああ。よく効く魔法をかけてあげたから、すぐ良くなる」

嘘も方便。また騒がれたら面倒だし。

「ただ、ママは今とても疲れて眠っているんだ。起きるまで待ってあげてくれ」

止血処置で血まみれになった手をぬぐい、立ち上がる。

次いで、再び魔剣を手元に喚んだ。

「家に帰りたいか?」

「うん」

「じゃあ俺は今から、お前たちが帰るために必要なことをしてくる」

たんたんたん、と踵(かかと)で三度床を叩く。

改めて地形と天使たちの配置を把握し、柄を逆手に握り直した。

「ここを動くなよ。しっかりママを守ってあげるんだぞ」

「うん……!」

幼子(おさなご)という生き物は、役割を与えてやればそれを遵守(じゅんしゅ)しようとする。

こう言い含めておけば、ふらふら動き回ったりはしないだろう。

不幸中の幸いと言うべきか、この広間に繋がった通路は俺が通ってきた1本だけ。

近くを徘徊する天使も既に片付けた。５分10分程度であれば、安全な筈。

………。

ふと脳裏に蘇る光景。空間を叩き割って現れた、醜悪な怪物の姿。

まごまごしてたら同じ目を見かねない。怪我(けが)人も居るワケだし、急ぐべきだろう。

「ったく……忙しないモンだな、魔剣士ってのは」


移動、遭遇、接敵、攻撃、撃破。その繰り返し。

広間を７つ越え、述べ14体目となる下天使(エンジェル)を斬り刻んだところで、一度足を止めた。

「なるほど」

魔剣躰術の考案、並びに倒した天使を喰らい続けたことによる素のスペックの向上。

その二点が合わさり、俺は随分強くなったらしい。

少なくとも下天使(エンジェル)相手なら、束になって来られようとも物の数ではないくらいには。

――これなら『銀』を使うまでもないか。

アレやたら疲れるから嫌なんだよな。ついでに得体が知れない感じもするし。

「敵が下天使(エンジェル)だけなら、の話だが」

たん、と踵で石床を叩き、左右それぞれに開かれた通路を見回す。

どちらも、今まで抜けてきた広間よりずっと広い空間へと続いていた。

「次で終点だな」

右に天使の気配はない。恐らく虚の剣が刺さった部屋だろう。

できれば回収しておきたいところだが……どうにも、逆サイドが気になる。

「ッ」

後ろ首がヒリつく。嫌な感じだ。

あの先。核石（コア）があると思しき広間に、下天使（エンジェル）以外の何かが居やがる。

「……今回も、易々とは出られそうにないな」

強化された五感が警鐘（けいしょう）を鳴らしている。

報せているのだ。俺を殺せるだけのチカラを持ったバケモノの存在を。

とは言え、このまま立ち尽くしたところで、事態は何ひとつ好転しない。

むしろ時間をかけるほど、状況は悪化する一方。

そもそも離れ牢に踏み入ることを決めた時点で、戦う以外の選択肢など皆無。

何より——今の俺の双肩には、他人の命が乗っかっている。

半ば勢い任せだったにせよ、自分でそうすると決めたのだから、責任は果たすべきだ。

「なんてな」

魔剣の切っ尖を引きずりながら、あえてだらりと歩き始める。
肩肘張ったところで、物事はなるようにしかならないんだ。
だったらせめて、気楽に行こうじゃないか。
場違いな鼻歌混じりに通路を渡り、体育館ほどもある広間へと抜ける。
だだっ広い空間の中心に浮かぶ、金色の輝きを帯びた歪な菱形の岩。
離れ牢を形作る基点にして動力源、核石（コア）。
アレと魔剣のどちらかが欠ければ、この場所は存在を保てず、消失する。
もっとも、魔剣を壊す方法など知らんけど。
道具、薬剤、高温、低温、放射能。
果ては魔剣同士の衝突や天使との戦闘ですら、刃こぼれひとつ残らないのだから。
……そんな瑣末事（さまつごと）は置いといて、だ。
「あーあ。嫌な予感ばっかり当たるもんだ」
反響定位（エコーロケーション）による索敵で得た情報通り、広間には3体の天使。
〈Ｌａａａａ〉
〈Ｌａ〉
そのいずれも、俺の知るバケモノとは姿が異なっていた。

核石（コア）の左右に展開した2体。

基本的なフォルムこそ下天使（エンジェル）と似通っているが、ひと回り大きい。

パーツの造形も一段と刺々しいし、何より腕が4本ある。

最たる差異は、全身に纏う常夜外套の濃さ。

見ただけで分かった。明らかに下天使（エンジェル）を凌ぐ密度だ。

加えて厄介なことに、既に俺を捉えているにもかかわらず、襲いかかってこない。

ガラス細工を思わせる無機質な眼球から向けられる、間を窺うような視線。

単調な行動パターンを昆虫同然になぞるだけの下天使（エンジェル）とは違う。

その所作には、確かな知性が感じられた。

そして、もう1体。

俺と核石（コア）を結ぶ線の間に陣取る3体目の天使は、殊更（ことさら）に異質だった。

〈Ｍａａａａａａａａ〉

四肢をもぎ取った、胴体だけのヒトガタ。それでいて身長は俺より高い。

背面には透き通った翼を備え、そいつを羽ばたかせることで宙を舞っている。

常夜外套の濃さは、左右を固める4本腕以上。

つまり奴こそが、この中で最も格の高い天使。

――4本腕が大天使(アークエンジェル)、羽付きが権天使(プリンシパリティ)ってところか。

9つの階級における第八位と第七位。

肌身を刺すチカラの多寡(たか)から推し量るに、そこら辺に位置付けるのが妥当。

が、そうなると今度は別の疑問が浮上する。

――こいつらが八位と七位なら、前に俺が倒したのは一体なんだったんだ?

肉と骨をデタラメに接(つ)ぎ合わせた異形。

陶器とも金属ともつかない無機質で構成された天使とは大きくかけ離れた造形。

それに改めて思い返すと、あのバケモノには光輪(ヘイロウ)がなかった。

天使を天使たらしめる象徴の欠損。果たしてアレは、そもそも天使だったのだろうか。

「どうでもいいか。ひとまず、今は」

思考を切り替え、逆手かつ腰だめに魔剣を構える。

俺と対峙する3体の天使。個々の強さは恐らく、あの肉人形のバケモノよりは下。

とは言え、アレとは真っ当に戦って勝ったワケじゃない。

何より、交戦経験も事前情報もない相手との対多って時点で、こっちの不利は明白。

――魔剣士協会め。下天使(エンジェル)以外の情報も公開しろよな。

身体強化(エクストラ)を全開にし、間髪容れず飛び出す。

「前移動（ルート１）」

様子見は不要。相手に余計な時間を与えず、何もさせず倒すのがベスト。

初手の標的は羽付き。不意打ちを仕掛けるなら、一番厄介そうな奴に限る。

「逆風（五番）」

跳躍の勢いを乗せた、下から上にかけての垂直な切り上げ。

なまじ考える能を持っていたことが裏目に回り、４本腕たちは出遅れた。

そのまま両断――とは行かず、咄嗟に身をよじられるが、構わず魔剣を振り抜く。

鳩尾（みぞおち）あたりを軸にバック宙。遠心力により速度を増した縦方向での回転斬り。

そうして繰り出した二の太刀は、羽付きの右翼を捉えた。

「くッ……！」

常夜外套の護りは厚く、素の硬さも相当なもので、食い込むと同時に鈍る剣速。

コンマ数秒の拮抗。羽付きの両翼が強く発光し、あからさまな攻撃の予備動作を匂わせる。

けれど。アクションを起こされるよりも僅かに早く、俺が押し切った。

「う、る、あアッ！」

甲高い切断音。一気に軽くなる手応え。

羽付きの身体を蹴（け）った反動で間合いを稼ぎ、着地。

直後。斬り裂かれた片翼と共に、羽付きは石床へと墜(お)ちた。

〈Ｍａａａ――〉

耳障りな高音を更に1オクターブ上げて叫ぶ羽付き。

残る左翼をバタつかせるも、死にかけたセミの如く地を這いずるばかり。

倒すには至らなかったが、もう飛べまい。

まずは1体無力化。手も足も出ないとは、まさしくあのようなザマを指す言葉だ。

だが、悠長に喜んでいる暇はない。

「ふうぅぅるるるる」

再び腰だめに魔剣を構える。

併せて蒼炎(エネルギー)を刀身へと収斂させ、ようやく動き始めた4本腕の片割れに向け、放った。

「右切り上げ(四番)」

斜めの太刀筋、その延長線上を飛来する三日月形……否、二日月ほどの細刃。

サイズ自体も、先程3体の下天使(エンジェル)を纏めて仕留めた時より小さい。

けれど内に篭(こ)めた蒼炎(エネルギー)の総量は大体同じ。圧し固めることで密度を高めた飛斬(スパーダ)。

剣腕で防御されるも全身丸ごと弾き飛ばし、猛烈な勢いで壁へと叩き付ける。

魔剣による干渉を受け、常夜外套が揺らいだ状態での衝突。

護りを欠いた4本腕は、強度の弱い関節部が衝撃に耐えかね、バラバラに砕け散った。

「……頑丈だな。蒼い刃じゃガードの上からは斬り裂けないか」

飛斬(スパーダ)射出後特有の脱力感。

深く息を吸いながら、未だ健在な2体目の4本腕へと向き直る。

「後退(ルート五)」

八方向への移動のうち、最も型を作るのに難儀した後退。

バックステップで距離を置いた四半秒後、四方から襲い来る4本の剣腕が空を切る。

「悪いがクーリングタイム中なもんでね。5秒待ってくれ」

最初は気付かなかったが、身体強化(エクストラ)発動中、俺の体表は蒼いモヤで覆われている。

常夜外套と酷似したエネルギーの衣。そして飛斬(スパーダ)とは、それを刀身へと集約させて放つ技。

早い話、飛斬(スパーダ)の装填開始から撃ち終わって以降の数秒間は、身体強化(エクストラ)の出力が落ちる。

蛇口を2つ同時に開けば水圧が弱まるイメージでの解釈。

恐らく飛斬(スパーダ)に留まらず、全ての魔剣技(アーツ)に共通する仕組みなのだろう。

考えなしに大技を使えば土台が脆くなり、致命的な隙を晒(さら)す羽目になるってことだな。

「ふうぅぅ……」

細かく間合いを保ち続け、身体強化(エクストラ)の回復を待つ。

命懸けの状況下で5秒ってのは、かなり長い。

「――よし」

再び膂力が充ちる感覚。

深く踏み込み、一気に4本腕との距離を縮める。

「前移動(ルート一)、右薙ぎ(三番)」

真っ直ぐ突っ込みながらの、柄を逆手に握った横薙ぎ。今の俺が繰り出せる最も鋭い一撃。

トップスピードでの交錯。4本腕の脇を駆け、すれ違いざまに斬り付ける。

硬い手応え。しっかり刃筋を立てなければ、容易く弾き返される強度。

果たして俺の魔剣は、天使の胴を、するりと抜けた。

「冷や汗もんだな」

背後で亡骸が倒れる音を聴きながら、掌で頬を擦る。

血の痕。切っ尖が掠めていたか。まだまだ危なっかしい。

ともあれ、ひと心地。

あとは羽付きにトドメを刺し、前回のような茶々が入る前に核石(コア)を破壊――

「――――」

視界の端で光がチラつく。強化された五感が、本能的に危機を察する。

咄嗟に頭を庇った左腕に、痛みか熱さかも分からない衝撃が伝い、吹っ飛ばされた。

「かッ……!?」

転倒はマズい。そんな思考と合わせて空中で身を翻し、どうにか2本の足で着地する。

次いで目にしたものは、うつ伏せに横たわった羽付きが大きく片翼を広げた姿。

延いては、その翼面が異常な輝きを帯び、俺めがけて眩(まばゆ)い光弾を撃ち放つ光景。

強化された動体視力でも追い切れない弾速。

考えるよりも先、サイドステップを踏んでいた。

「……冗談だろ、オイ」

飛斬(スパーダ)が当たっても薄い傷しか入らなかった壁面に穿たれる、拳大の窪(くぼ)み。

左腕に身体強化(エクストラ)を集中させていなければ、腕ごと頭をトばされて終わりだったかもな。

相変わらずの悪運強さ。またもや九死に一生を得た。

「油断しやがって、馬鹿野郎が」

我ながら度し難い迂闊(うかつ)。敵の性質も知らずに無力化を確信するとは、間抜けにも程がある。

そもそも、あの怪物にはハナから手足がなかった。

そんな形態で一体どう戦闘を行うのか、何故これっぽっちも疑問を抱かなかった。

少し脳みそを回せば、飛び道具の可能性くらい思い至れただろうに。

…………。

違う、今じゃない。反省も自嘲も後回しだ。

この急場をどう凌ぐか。その答えを出すためだけに頭を使え。状況を観察しろ。

〈Ｍａａａａａａａ〉

羽付きは広げた左翼を激しく明滅させつつ、俺の挙動を窺っている。

右翼の欠損が原因か、或いは元よりそういう仕様か、無尽蔵には光弾を撃てない様子。

ゆえに無駄弾を避け、狙い撃つ好機を見計らっているのだと推測する。

そして、こっちも軽率には近付けない。今の距離が光弾に反応できるギリギリだからだ。

これ以上間合いを詰めれば、回避も防御も運任せとなる。

――飛斬(スパーダ)で仕留めるしかない。

長期戦は厳禁。より高位の天使が喚び出されてしまう前にカタをつけなければ。

が、光弾による迎撃を考えると、恐らく蒼い飛斬(スパーダ)では出力不足。

良くて相殺、悪くしたら力負け。どちらにせよ本体までは絶対届かない。

加えて飛斬(スパーダ)を使えば身体強化(エクストラ)の出力が目減りし、その間は反応速度も五感も鈍る。

1発目と2発目のタイムラグを思い返すに、次弾の用意は羽付きの方が確実に速い。

初太刀で終わらせられなければ、旗色は一気に悪くなる。

「……ヘンに疲れるから、嫌なんだけどな」

覚悟を決め、柄を強く握り締め、霞構えを取る。

鏡面のように磨き抜かれた刀身へと、蒼い炎を灯す。

更にエネルギーの収斂を続けると——その中に、銀色がチラつき始めた。

「ふううぅぅぅぅるるるるるるる」

ごっそりと体力が奪われていく。

ゲームで例えるなら、レベル50で覚える呪文をレベル20で使っているような感覚。

魔剣士協会は表面的な情報しか公開していないため、銀炎(これ)がなんなのかは全く分からない。

ただ、ひとつだけ確かなことが言える。

この状態で放つ飛斬(スパーダ)は、蒼一色とは比べ物にならないほど強い。

「刺突(九番)」

足の踏ん張りを腰に伝え、それを上半身のバネと足し合わせ、繰り出した突き。

蒼銀の炎刃が流星の如く、羽付きに迫る。

〈Ｍａａａ——〉

途中、光弾に阻まれるも、あっさりと貫いて四散させる。

僅かにさえも勢いを落とすことなく、飛斬(スパーダ)は羽付きの身体半分を、塵(ちり)に還らせた。

羽付きと4本腕2体の亡骸が光の粒となり、魔剣へと吸い込まれていく。

「ッ」

少なからず消耗していた身体が活力で充ち、使い物にならなくなっていた左腕も癒える。

下天使(エンジェル)数十体分にも届こう、相当な熱量。

だが、やはり前回の離れ牢で倒した怪物には及ばない程度。

大天使(アークエンジェル)2体と権天使(プリンシパリティ)1体の合計値より上とは、本当になんだったんだアレは。

またあんなのが現れないうちに、さっさと核石(コア)をブッ壊すとしよう。

「唐竹割り(一番)」

大上段からの振り下ろし。バターのように一刀両断され、左右に分かれて落ちる金色の岩。

しばし間を置いてから、核石(コア)もまた光の粒と化し、刀身に染み渡る。

限界を超えて注ぎ込まれ、溢れ返るチカラ。

湧き立つ全能感。それに呼応して荒ぶる精神。

「ッ……ッッ……」

激昂に脳髄を掻き乱され、悲鳴じみたノイズに揺さぶられる思考。

激しい怒りにも似た強烈な破壊衝動を、無心で抑え込む。

やがてカチリと、鍵の外れるような音が、頭の中で響き渡った。

深く静かに呼吸を繰り返し、心を鎮(しず)め、やがて凪いでいく衝動。

落ち着きを取り戻した俺は静かに目を開け――気付けば、見知らぬ場所に立っていた。

「ここは……」

離れ牢ではない。その入り口となった、見ず知らずの母子の家でもない。

薄雲が早足で走り抜ける青空の下に広がる、風吹く草原。

どうなっているのかと周囲を見渡すと、俺に背中を向けて佇む人影が目に止まった。

〈…………〉

やけに古めかしい甲冑(かっちゅう)を着込み、長い金髪を周りの草花と共にたなびかせる後ろ姿。

声をかけるよりも早く、向こうから振り返ってきた。

年頃は俺とそう変わらないだろう、どこか物憂げな目をした女。

焼け焦(こ)げた十字架を首に下げ、血錆の浮いた剣を握る、退廃的な空気を帯びた佇まい。

〈……もうここまで来たの？〉

唇を動かさず発される言葉。

鼓膜ではなく、頭に直接響く声。

〈でも駄目。まだ早い〉

風が運ぶ土と草の匂いに、鼻を刺すような鉄臭さと焦げ臭さが混じる。

〈今の貴方(あなた)には受け止められない。魔剣憑(つ)きにはなりたくないでしょう?〉

やたらに目が乾き、何度か瞬きをした。

〈だから、もっと強くなって――全部、飲み干して〉

その都度、周りの景色は目まぐるしく移り変わっていった。

〈私の怒りを〉

金属鎧を纏い、剣や槍で武装した兵士たちが屍(しかばね)となって横たわる、血生臭い戦場跡。

〈私の悲しみを〉

冷たい石と重苦しい鉄格子で閉ざされた、ロクに光も差さない牢獄。

〈私の恨みを〉

俺たちを取り囲み、四方八方から聴き取れない言葉で罵倒(ばとう)らしき何かを喚き立てる影(ヒトガタ)。

〈私の憎しみを〉

ごうごうと火柱が立ち上る、明らかに日本ではないどこかの広場。

〈……ああ。でもせっかくだし、帰る前に自己紹介くらいはしておこうかしら〉

金髪の女が、甲高く指を鳴らす。

〈教えてあげる。今の貴方じゃまだ呼べない、私の銘〉

激しく燃え盛る炎が、銀色に変わる。

〈────〉

そして、更に著しく火勢を増し──見渡す限りの全てを、一切合切燃やし尽くした。


「疲れた……いや身体は元気だけど、精神的に……」

この近辺で一番高いビルの屋上に立ち、夜半の街並みを見下ろす。

一介の地方都市ゆえ百万ドルの夜景とまでは言えないが、中々の見晴らしだった。

「勢いで厄介ごとに首突っ込むもんじゃないな。もし次があったら迷わず見捨てよう」

あの後、呑まれた母子共々、離れ牢を脱した。

家人を装って救急車を呼び、話がややこしくなる前に足早に立ち去り、今に至る。

「まあ、今回は意外と丸く収まってくれそうだよな」

何せ母親は遭遇時点で気を失っていたため、俺の顔を見ていない。

子供の方も精々3歳ほどだ。大した情報など引き出せまい。

背中の傷という物証がある以上、警察の捜査は入るかもだが、どうにか誤魔化せる筈。

少なくとも俺が十分なチカラを手に入れるまでは、時間を稼げるだろう。

そう思いたい。

「にしても」

まさか1週間そこらで再び離れ牢を目にする羽目になるとは。

調べた限りじゃ、そんなに頻発する現象ではない筈なんだが。不可解だ。

…………。

不可解と言えば、もう一点。

「来い」

崩壊する離れ牢から俺たちと一緒に吐き出された虚の剣。

回収しておいたそいつを足元に突き立て、代わりに魔剣を喚ぶ。

虚空へと迸らせた燐火を掴むことで現れた鏡のような刀身を、じっと見やった。

「お前が魔剣に宿る悪魔だと？」

あの奇妙な場所で金髪の女から聞いた名を、胸の内で反芻する。

彼女――魔剣の悪魔の言葉を信じるのなら、随分な高名だ。

だが。明らかに悪魔の名前ではない。

得体の知れない銀色の炎といい、コイツは一体なんなんだ。

「ッ、ッツ」

口に出そうとした瞬間、舌と喉が引きつって言葉を紡（つむ）げなくなった。

なるほど。今の俺じゃまだ呼べないってのは、文字通りの意味らしい。

つまり名前さえ呼べれば、俺のチカラが水準に達した証明にもなるってワケか。

分かりやすい指標ができて、実にありがたい。

「……帰るか」

踵を返し、フェンスを越えて飛び降りる。

数十メートルの落下の後、脚部に身体強化（エクストラ）を集中。

音もなくアスファルトに着地し、そのまま帰路に就いた。

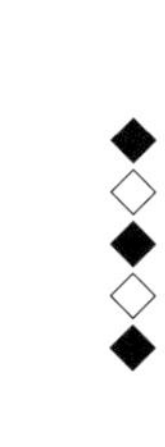

………………………………。

…………………。

………。

「未登録の魔剣士？」

胡蝶ジンヤが離れ牢から二度目の生還を果たした数日後。

魔剣士協会第五支部の一室で、ユカリコが電話越しに怪訝な声を上げる。

〔ひと通り調べてみたけど、それしか考えられなくて……〕

被災者搬送先の病院から通報を受け、調査の末に発覚した天獄災害——離れ牢の発生。

一般家宅内という早期発見が困難な座標であったにもかかわらず、犠牲者はゼロ。

加えて誰が被災者の救助を行ったのか、その手がかりさえ掴めていない状態。

唯一の目撃者も僅か2歳半の男児で、証言の大半は要領を得ないもの。

まるで自らの存在を隠そうとしているかのよう。

その割には被災者救助に尽力(じんりょく)した形跡が窺える、実に奇妙な案件。

「黒総(くろふせ)あたりの仕業じゃないのか？　位置情報のログは洗ったのだろう？」

〔もちろん。でもウルハちゃんどころか、該当者自体が一人も居なかったの〕

協会所属の魔剣士は、例外なく後頭部にタグが埋め込まれている。

本部のシステムで照会を行えば、いつどこに居たか詳細に判明する仕組み。

「だから協会外部の人間によるものだと言う気か？」

数秒の沈黙。

電話口の向こうで頷いたのだろう、とユカリコは判断する。

「しかし虚の剣も魔剣も、全て協会の管理下なのだぞ。未登録の人間など居るのか？」

〔……それなんだけど。この間のこと、覚えてる？〕

探査網に引っ掛かった筈の離れ牢を発見できずじまいだった一件。

結局、探査結果の誤りということで片付いた話だが……。

〔やっぱりあの時、被災者が自力で脱出したのよ〕

「ひとまず反論は置いておくとして……そいつが今回の件に関わってる、と？」

また数秒の沈黙。

電話なんだから言葉にしろコミュ障め、と内心で毒づくユカリコ。

「無理のある推理だな。現場には七級の天石が落ちていたと聞いている」

死に際の天使が低確率で遺す、天獄が人類にもたらす財宝のひとつ。

小指の爪ほどもあれば優に百世帯以上の消費電力を数ヶ月に亘って賄える代物。

新時代のクリーンエネルギーという触れ込みで、世界中の関心を集めている。

「虚の剣を取り込んで1週間そこらの魔剣使いが、どうやって権天使を倒す」

宿る悪魔の銘すら取り戻せていない第一段階の魔剣では、大天使の相手すら危うい。

歳に似合わず戦闘経験の豊富なユカリコは、身をもって心得ていた。

〔でも、ここまで探して影すら踏めないのは、明らかにおかしいわ〕

「その点についてだけは同意する」

すぐ尻尾を掴めるとタカを括っていれば、この始末。

——よりによって私たちの管轄内で、面倒なことが起きてくれたものだ。

声に出さず愚痴りながら、気だるく肩を落とすユカリコ。

「どっちみち捜索は続けなければならん。虚の剣が持ち出されている以上な」

魔剣士と天獄の存在は、諸外国への絶大なアドバンテージであると同時に特級の爆弾。

ゆえに日本政府は虚の剣の輸出を禁じ、魔剣士協会による厳正な管理を敷いている。

〔私は調査に戻るわ。何か分かったら、また連絡する〕

「なるはやで頼んだぞ。暇を持て余せるのが協会支部のステキなところなんだからな」

通話を切り、ソファに座り込むユカリコ。

次いで、長い白髪を面倒くさそうにガシガシと掻き、盛大に溜息を吐き出した。

3章　魔剣解放

乱雑に積まれた書類の山を避けてスペースを作り、机上に虚の剣を置く。

新しい離煙パイプをくわえながら、店長代理が愉快げに笑った。

「確かに何本でも引き取るとは言ったけどよ、飛ばし過ぎだろジンヤちゃん」

次いで彼女は、肩越しに背後を見据える。

より正しく言い換えるなら――壁に立て掛けられた、もう1本の虚の剣を。

「売却済み含めて、これで3本目。しかも3週間そこらでな」

俺が魔剣士となって、今日でちょうど20日。

昨日またこの街で離れ牢の存在を察知し、なんだかんだ踏み入ってしまった次第。

「助かるぜー。コイツを餌に新しいツテが開拓できるってもんだ」

だがアレは流石に仕方ない。何せ場所が老人ホームの玄関先だった。

足腰立たない高齢者が、協会に通報して人を寄越すまで保つとは到底思えなかった。

実際、呑まれてたのは認知症の婆さんで、あと数秒遅かったら死んでたし。

前後不覚な年寄りにだって、死に方を選ぶ権利くらいある。

「お、そうだ。２本目の取引日も決まったぞ。喜びな、１本目より高値がついた」

「ですか」

……それにしても……どう考えても、おかしい。

魔剣士協会が公表する情報によれば、離れ牢の年間発生数は10件ほど。

当然、観測漏れもある筈。正確な数字ではないだろう。

にしたって、20日で３回。しかも、この街の中だけで。

いくらなんでも、頻度が多すぎる。

「まー確かに妙だな。偶然で片付けるにゃ、喉に小骨が残る話だ」

胸中の疑念を店長代理に打ち明けると、神妙な様子で頷いて返された。

やはり彼女も違和感を覚えていた模様。

「けどよ、お前にとっちゃ悪いコトばっかでもねーんじゃねーか？」

天使を狩るほど魔剣は強くなり、俺自身も実戦で場数を踏める。

協会に存在が露見した時を思えば、チカラを蓄える機会が多いに越したことはない。

そんな感じに説かれた。物事からメリットを見出(みいだ)すのが上手い人だ。

「だいたい、離れ牢が生まれる原理なんて誰も知らねーんだ」

理屈自体が分からないことを悩んだところで答えなど出ず、頭が痛くなるだけ。

ならば小難しい考えなど投げ捨て、いっそ楽しめばいい。

そう言葉を続け、ひんやりした指先で俺の頬を撫でる店長代理。

ポジティブシンキング。死地を面白がる趣味はないが、一理ある御意見。

「そもそも、別に後ろ暗いマネしてるワケでもねーんだからな」

「……少なくとも、虚の剣の横流しには手を染めていますけどね」

先日改めて調べたら、売買行為は普通に禁じられていた。

特に海外輸出は一発アウト。麻薬を扱うより罪が重いとか。

「ハハッ、心配すんな。魔剣関連はまだまだ法整備がザルだ。抜け道なんていくらでもある」

つまりそれは、巧みに法律の網目をくぐり抜けなければマズいことをやってるのでは。

そう思ったけど、やぶ蛇になりかねないので詳細は聞かないことにした。

知らぬが仏。


店長代理に朝食を作ってから、バイクを借りて登校する。

あの人、放っておくとロクなもの食べないんだよな。俺を雇う前はどうしてたんだか。

「――そう！　そこで俺はバシッと決めてやったのさ！」

始業5分前。教室に入ると、いつも通り伊澄が武勇伝を語っていた。

その周りに人だかりができてる中、俺は自分の席へと座り、窓の外を眺める。
ウチの高校は高台に建っていて視界を遮るものがないため、ちょうど見えるのだ。
空の青色に半ば溶けた、宇宙まで伸びる白亜の巨塔——天獄が。
「ホント、デカいよな……」
10年前、アレが富士山を突き破って現れたことで、世界の常識はひっくり返った。
以降、諸外国と様々な衝突を起こしつつも、日本は天獄と魔剣の独占に成功している。
海外への忖度まみれな政治家連中も、やる時はやるもんだ。
ところで天獄と言えば、やはり最近のトレンドは軌道エレベーターだろう。
ここ数年で最も注目されているプロジェクト。
宇宙との境界線すら突き抜けた巨塔を支柱に使おうという試み。
政府の発表だと1号機が完成間近で、年度内には竣工検査が入るとか。
早ければ来年には、一般人にも手の届く費用で宇宙まで行けるようになるらしい。
まさか地震大国の島国が、世界に先駆けて軌道エレベーターを持つ日が来るとは。
世の中、何が起こるか分からないものだ。
「……いっぺん姉貴を宇宙まで連れてってやりたいな……」
両親が交通事故で亡くなって以降、姉貴には苦労をかけっ放しだった。

中卒で働くと言っても全く聞き入れず、俺のバイト代も小遣いに使えとの一点張り。
1本目の虚の剣を売った金も、結局受け取ってくれなかった。
そもそも姉貴にラクさせたくて得た金だったってのに。
だからせめて、宇宙旅行くらいのプレゼントを贈ってもバチは当たらないだろう。
そんなことを思いながら、一般予約開始予定日を調べておこうとスマホを取り出す。
――首筋に焦げ付くような感覚が突き刺さったのは、その瞬間だった。
「ッッ……ッ⁉」
椅子を蹴倒し、立ち上がる。
教室中に音が響き渡り、こっちに集まるクラスメイトたちの注目。
だがしかし、そんなことにかかずらっている場合じゃなかった。
ここに留まっていてはマズいと、俺の全神経が警鐘を鳴らしていた。
「全員、今すぐ教室を出ろ‼」
そう叫んだ直後、自らの選択ミスを悟る。
あらかじめ告知が出されている避難訓練じゃないんだ。
急に大声を上げたところで混乱を招くだけ。
人間は、自分で思うほど咄嗟には動けない。

──こうなったら。

「シィッ！」

目の前の机を蹴り上げ、天井に叩き付ける。

併せて。手元に魔剣を喚び出した。

「え……魔け……!?」

刀身に少量だけ蒼炎を蒐め、飛斬を放つ。

三日月形の刃は誰も立っていない教壇を斬り裂き、その先の黒板を深々と抉った。

ちょっと加減が足りなかったか。まあいい。

「さっさと教室から離れろ！　死にたいのか!?」

再度の怒号。

目に見える形で危機意識を煽ったことが功を奏し、蜘蛛の子を散らす勢いで逃げ去る面々。

けれど──ほんの一手、間に合わなかったらしい。

「くっ……!!」

教室内の空間が激しく歪み始める。

扉付近で押し合いになって、まだ全員が出られていないと言うのに。

どうする、と思考を巡らせるも、生憎と妙案は浮かんでくれない。

せめてもの抵抗に、身体強化（エクストラ）の出力を最大まで引き上げる。
そうして俺は——俺たちは、呑み込まれた。

10秒近く続いた、三半規管を激しく揺さぶられる感覚。

それが鎮まると同時、後ろに跳んで身構え、警戒態勢をとる。

三度目の時は飛び込んで早々に不意打ちを食らい、危うく死にかけたからな。

同じ轍（てつ）は踏まない。また学ランをダメにするのも勘弁だ。もうスペアも残ってないし。

…………。


どうやら近くに天使は居ないらしい。

コツコツと指先で石床を叩き、跳ね返る音で周囲を確認しつつ、静かに立ち上がる。

「流石に冗談だろ」

一切継ぎ目が見当たらない漆黒の石材で形作られた、10メートル四方ほどの広間。

もはや、すっかりと見慣れ始めた景色。

都合四度目となる、離れ牢の中。

だが——今回のそれは、あまりにも不可解すぎた。

「なんで俺が呑まれた……？」

数日前、店長代理のツテで手に入った、魔剣士協会が発行している天獄関連の資料。部外秘の代物をどうやって取り寄せたのかは、あえて聞いていない。知らぬが仏。

ともあれ、書いてあった内容を思い返す。

離れ牢が発生する際は、基点となる座標に特殊な力場が形成され、空間を捻じ曲げる。

だがしかし、その不安定な状態で魔剣士が触れると、うまく定着せず霧散する。

早い話、魔剣士が直に離れ牢へと呑み込まれることはない筈なのだ。

にもかかわらず、何故。

「いや。考えるのは後回しだな」

そもそも天獄が出現したのは、僅か10年前。

もたらされる事象の原理を解き明かすには、あまりに短すぎる期間。

資料の内容は話半分に捉えておくべきだろうと認識を改め、魔剣の切っ尖で床を叩く。

甲高い音が鳴り渡り、聴覚を介して周囲の構造を把握した。

が。

「くそっ、広い……」

過去三度の離れ牢とは段違いの規模。

分かる範囲だけでも20以上の広間が存在している。全容を掴みきれない。

けれど。最優先で探すべき対象の位置は、把握した。

「あっちだな」

離れ牢に呑み込まれた被災者は、俺含めて7人。

教室内に開かれているだろう入り口へと誰かが飛び込めば、その数字は更に増える。

そんな考え足らずは居ないと信じたいが。

「……全員、助けられるか……？」

背筋にビリビリと伝う、嫌な気配。

今まで交戦した奴らよりも遥かに強い天使、或いは聖人が居るやもしれない。

そいつらと遭遇してしまったら、クラスメイトたちを守り切れる確証はない。

否。それ以前に、俺自身の命すら危うい。

「もしもの時は……腹を括るか……」

ポケットの中をまさぐり、指先に触れた硬いものを引っ張り出す。

先日鑑定が終わって返された、黒い石。

虚の剣と同様に売ってしまっても良かったのだが、一応の備えで持ち歩いていた代物。

名を『聖石（せいせき）』。天石とは似て非なる、店長代理曰くアホほど希少らしい宝石。

その効力を端的に言い表すなら、まさしく一か八かのジョーカーってところか。

――切り札は最後まで切らないのが、一番なんだがな。

できればコイツを使わず済むよう祈りながら、再びポケットの奥深くに突っ込む。

ひとつ深く息を吸い、吐き出し、全身に酸素を回す。

そうして数秒の後、人の気配が固まって感じられた方向へと、全速力で駆け出した。


「唐竹割(一番)、左切り上げ(六番)」

片側に2本並んだ剣腕を纏めて斬り伏せ、返す刀で斜めに胴を断つ。

太刀筋通りの真っ直ぐな断面を晒し、崩れ落ちる4本腕のバケモノ――大天使(アークエンジェル)。

その光景を視界の端へと捉えつつ、動きを止めることなく次なる標的への攻めに移る。

連撃に際した繋ぎも、随分と滑らかになった。

「左薙ぎ(七番)、飛斬(スパーダ)」

魔剣を振り抜いた勢いに乗って身体の向きを変え、薙ぎ払いと共に蒼炎(エネルギー)を撃ち放つ。

切っ先の延長線上に立つ3体の下天使(エンジェル)を、纏めて斬り裂いた。

「――――」

併せ、深く踏み込み、疾走。

魔剣技(アーツ)発動直後で低下した身体強化(エクストラ)の出力。

下がった分を補うべくリソースを下肢と頭部に集中させ、脚力と動体視力を保たせる。

――急げ。

7人分の気配が固まった場所まで、まだ遠い。

反響定位(エコーロケーション)でのマッピングによれば、あと5つの広間を越える必要がある。

「チィッ……なんで俺だけ離れた位置に飛ばされたんだ……!!」

そう毒づくも、理由は明白。魔剣士だからだろう。

延いては離れ牢が発生する際、最大出力で発動させていた身体強化(エクストラ)の影響か。

恐らく、呑み込まれる際にエネルギー同士が反発し、中途半端に弾かれたのだ。

やらかした。むしろ出力を抑えるべきだったか。

とは言え、あの瞬間に正しい選択肢を知る術などなかった。

要するに単なる事後孔明(じごこうめい)。そもそも悔いたところで今更どうにもならない。

「急げ……!」

せめてもの幸いは、感じる気配が今のところ固まったまま動いていないってことか。

パニックを起こしてバラバラに逃げ回られたら、流石にお手上げだった。

が、この好機もいつまで続いてくれるかは分からない。

事態は1秒を争う。俺は更に足を急がせた。

２体の大天使（アークエンジェル）を屠（ほふ）り、広間を抜ける。

６体の下天使（エンジェル）を蹴散らし、広間を抜ける。

何も居ない、がら空きの広間を抜ける。

そして。

「飛斬（スパーダ）ァッ！」

銀が混じった蒼炎（エネルギー）を、ごっそりと体力が奪われる感覚と共に放つ。

三日月形の刃が向かう先は、透き通った翼で宙を舞う、四肢持たぬ人形――権天使（プリンシパリティ）。

〈Ｍａａａ〉

蒼銀の飛斬（スパーダ）は、明滅する両翼から射出された光弾を、それを撃った天使ごと両断。

貧血の症状に近い立ちくらみを堪（こら）えつつ、俺は再び広間を駆け抜けた。

途中、光の粒と化した権天使（プリンシパリティ）を魔剣が吸い込み、回復する体力。

しかし銀炎の使用による消耗の方が大きく、少なからず残る疲労感。

「はっ……はっ……」

息を切らせ、緩みかけた脚に喝（かつ）を入れ、走る。

ここを越えれば、次が目的地。

ひとまずの折り返しが見え始めたことで、僅かながら安堵を覚える。

が。最後の通過点となる広間に出た瞬間、そんなものは儚（はかな）く吹き飛ばされた。

何故なら。

〈Ｍａ〉

〈Ｍａａ――〉

〈Ｍａａａａａａａａ〉

ガン首揃えた３体の権天使（プリンシパリティ）が、俺を待ち構えていたからだ。


三方向から微妙な時間差で飛来する光弾。

深く体勢を沈めてから勢い付けて跳躍し、更に壁や天井を蹴って跳ね、回避する。

離れ牢の広間は、天井も高い。

宙を舞える天使の存在を知って以降、三次元的な動きの型も作っておいた。

「チッ……」

立て続けに撃ち放たれる光弾。

弾速そのものは今の俺よりも遥かに上であるため、弾道を予測することで躱す。

やはりと言うべきか、両翼揃った状態の方が連射の間隔が短い。

さっきの権天使（プリンシパリティ）は初手で倒したから、確認しようがなかったんだよな。

「ッ……」

あとひとつ通路を跨げば、呑み込まれた奴らと合流できる状況。

逸（はや）る気持ちを冷静な思考で鎮め、呼吸と心拍をメトロノームに見立ててリズムを取る。

「たんたん、たん……たたん、たん、たん……」

十数秒ほど完全な受け手に回り、光弾を躱しながら様子見に徹する。

サンプルが3体も並んでいるお陰で、割とすぐ精髄は掴めた。

「6発か」

権天使（プリンシパリティ）の光弾は、6発撃つごとに3秒前後のリチャージが入る。

更に言えば、その間は著しく動きが鈍い。

連携と時間差射撃で分かりづらくしているが、単体ごとに的を絞って見定めれば明らかだ。

「なら――」

ピンボールの如く壁を跳ねて直角に軌道を変え、最も遠かった1体の背後に取り付く。

今ちょうどリチャージに入った個体。

残る2体はコイツが射線を遮って、俺を狙えない。

なまじ知性を備えていることが災いしたな。

これが下天使（エンジェル）だったなら、構わず諸共に攻撃を仕掛けただろう。

もっとも、連中の昆虫同然な頭では、ハナから連携など取れないか。

「右薙ぎ（三番）」

権天使（プリンシパリティ）は俺から離れようとするが、間に合うワケもない。

切っ尖で正確に首を断ち、その勢いのまま一回転しつつ、溜めを行う。

柄を握る掌から熱量を送り込むイメージ。

銀色をチラつかせた蒼炎（エネルギー）が、ゆらゆらと刀身に纏わり付く。

「飛斬（スパーダ）」

盾代わりとなっている権天使（プリンシパリティ）の胴を裂き、三日月形の刃を放つ。

常夜外套が霧散した亡骸は、身体強化（エクストラ）の出力が落ちた状態でも実に軽々と断てた。

そして――更に一回転し、再び刀身へと蒼銀を纏わせる。

「ぐッ……ッッ！」

連続、それも通常の10倍疲れる銀炎を混ぜ込んだ状態での魔剣技（アーツ）発動。

なんなら、２つ前の広間で同じものを使った時の疲労も、まだ少なからず残っている。

視界が暗くなり、遠のきかける意識。

我ながら無茶だと思うが、生憎と蒼一色の飛斬（スパーダ）では権天使（プリンシパリティ）を倒す決め手にならない。

そもそも、第七位の天使と正面切ってやり合うなど、可能なら避けたい事態だ。

さっきの光弾の回避だって、実のところ内心冷や汗ものだった。

傷ひとつ負わずに済んだのは、数の利を有する油断につけ込んだからに過ぎない。

だがしかし、この局面で1体でも取りこぼせば、次は向こうも死力を尽くすだろう。

仕切り直しをさせないために、なんとしても纏めて片付ける必要があった。

「――飛斬（スパーダ）アッ!!」

指先に渾身を篭め、魔剣を振り抜く。

切っ尖から放たれた蒼銀の炎刃は、心なしか初撃よりも勢いが弱い。

けれど狙いそのものは寸分狂わず標的を捉え、およそ1秒の時間差を経て着弾する。

常夜外套を刈り払い、本体との衝突によって鳴り渡る金属音。

やけに長く感じた拮抗の末――2体の権天使（プリンシパリティ）は、それぞれ真っ二つに両断された。


「はーっ……はーっ……ッげほっげほっ！」

一気に静まり返った広間の片隅で膝をつき、咳（せ）き込みながらも息を整える。

……やばかった。2発目の射出があと少し遅かったら、たぶん避けられていた。

そうなった場合、亡骸を取り込んで回復する暇もなく畳み掛けられ、アウトだった筈。

「ったく……とんだ綱渡りだ……」

不意を打つか、現在の身の丈に合っていない銀炎（チカラ）を使うことで、どうにか倒せる相手。

およそ無銘（レギオン）——第一段階の魔剣士が１対１で立ち向かっていい位階の天使ではない。

実際、資料でも交戦の際は１体につき２人以上で臨むよう、但（ただ）し書きが添えてあった。

そこら辺を含め、改めて考えると、よく切り抜けられたもんだ。

まあ魔剣を抜いてからこっち、大なり小なり似たようなシチュエーションばかりだが。

これが魔剣士の一般的日常だと言うのなら、命がいくつあっても足りやしない。

………。

恐らく俺は、まだこの離れ牢の１割か２割ほどしか踏破していないだろう。

にもかかわらず、既に４体もの権天使（プリンシパリティ）と遭遇した。

協会の資料曰く、離れ牢の最大戦力は基本的に核石（コア）のある広間から動かないとか。

俺自身の過去三度の経験も踏まえて、それについては十中八九正しいと思う。

つまり。やはり。

最初に抱いた懸念通り、ここには更に強い天使が——

〈Ｌａａａ〉

そんな寒気のする思考を断ち切ったのは、頭蓋（ずがい）に刺さる甲高い声。

生物よりも機械の音声に近いそれを聴き取り、咄嗟に振り返る。

〈Ｌａａａａａａａａ〉

視線を向けた先には、肘から先が剣となった４本腕を振り上げる大天使（アークエンジェル）の姿。

戦闘音に惹かれて、別の広間から寄ってきたのか。

「ッ……！」

迎え討つべく魔剣を握るも、切っ尖は石床を擦るばかりで持ち上がらない。

なんなら立つことすらままならない。どうにも想定以上に体力を削っていたらしい。

「くっ」

広間に横たわる権天使（プリンシパリティ）たちの亡骸は、ようやく光の粒に解け始めたところ。

魔剣に吸い込まれて糧（かて）となり、俺を回復させるには、今しばらくの猶予が要る。

――ああ。間に合わないな、これは。

こんな時でも不自然なほど冷静さを保たれた思考が、淡々と結論を出す。

――当たりどころが良ければ、死にはしないか。

身体強化（エクストラ）発動時に全身を覆う蒼いモヤは、常夜外套と同様の性質も兼ねる。

もっとも、飛斬（スパーダ）に大半を注いだばかりであるため、現状の護りは薄紙同然。

しかし心臓や頭部を重点的に護れば、時間稼ぎくらいは可能。

他に手はないと腹を決め、だいぶ目減りしたリソースを人体急所に集中。

自動車並みの速度で迫る大天使（アークエンジェル）を見据え、痛手を最小限で済ませるべく身構える。

けれど、４本の兇刃が俺の骨肉を裂く寸前——人間の叫び声が、広間をつんざいた。

「う、おおおおおおおおおおおッッ!!」

まさに裂帛（れっぱく）の気合いという表現が相応（ふさわ）しい一声。

意識外の出来事に反応したのか、僅かに刃先を緩ませる大天使（アークエンジェル）。

直後。スパーク音を撒き散らす蒼い雷刃の直撃を受け、横合いから突き飛ばされた。

「ツ……!?」

石床を転がる大天使（アークエンジェル）。

その逆側。俺以外による飛斬（スパーダ）が飛んできた方へと視線を移し——目を見開いた。

「ふーっ……ふーっ……!!」

そんなリアクションも当然だろう。

肩で息をし、振り下ろされた状態で魔剣を握り締める人影。

両瞳に金色の輝きを宿した伊澄クロウが、そこに立っていたのだから。

何故、と反射的に浮かびかけた疑問の全てを、ひとまず封殺した。

思いもよらぬ助太刀（すけだち）によって得られた、千金にも値する数秒。

この瞬間を無為に費やすほど、俺は間抜けじゃない。

「ふうぅぅぅ」

砂漠に水を撒くかの如く刀身に吸い込まれる、権天使（プリンシパリティ）3体分の光子。

魔剣を介して充たされていく、枯渇（こかつ）寸前だった活力。

回復量は体感8割前後。全快とまではいかなかったが、大天使（アークエンジェル）を相手取るには十分な好調。

「ふッ――」

身体強化（エクストラ）のリソースを集約させた踏み込みで、瞬時に距離を詰める。

「――シィッ！」

背負うように振りかぶった切っ尖を打ち下ろす、逆袈裟（二番）の太刀筋。

その一刀は常夜外套を、そして大天使（アークエンジェル）の無機質な胴を、いとも容易く斬り伏せた。


目を閉じ、靴の踵で床を叩き、跳ね返る音を聴く。

近くに天使の気配がないことを確認した後、ひと息ついた。

「はっ……はっ……なんだ、これ……物凄く、疲れる……！」

一方、産まれたての小鹿のように足を震わせ、やっとの思いで立っている伊澄。

ゆっくりと歩み寄り、まずともかく頭を下げた。

「ありがとう。助かった」

「はっ……はっ……はーっはっはっは！　なーに、俺にかかれば朝飯――げほっげほ！」

苦しげに咳き込む伊澄。

息も絶え絶えの状態で高笑いなどかませば、むせるに決まってるだろうが。

そう内心で呆(あき)れる傍ら、再浮上する疑問。

伊澄が杖代わりとしている魔剣を指差し、尋ねた。

「ソレは一体どうしたんだ」

「げほっ……俺たちが引き込まれた、デカい部屋の真ん中に……刺さってた」

なるほど。虚の剣のすぐ側が初期位置だったワケか。

この死地で護身の手段を即座に得られるとは、俺以上に悪運強い奴。

「融合直後に飛斬(スパーダ)を撃ったのか？　随分無茶なマネしたな」

資料曰く、魔剣が心身に馴染むまでの期間は、個人差もあるが、およそ1週間前後。

それまでは負荷が大き過ぎるため、魔剣技(アーツ)の発動は避けた方がいいとも書いてあった。

現に伊澄は、飛斬(スパーダ)1発でグロッキー状態。

「……こっちでヤバそうな気配を感じて駆け付けたら、襲われてるのが見えて……咄嗟に」

馬鹿をやった自覚はあるのか、バツが悪そうに顔を逸(そ)らされた。

まあ、俺の個人的印象に基づいて言わせてもらえば、伊澄クロウって男はこういう奴だ。

目立ちたがりで承認欲求旺盛。しかしそのために嘘をついたり、誰かを貶めたりはしない。

負けず嫌いだが潔く、基本的には根明の善人。だからこそクラスの連中にも人気がある。

けれどここまでだったとは、流石に少しばかり予想外。

他人を助けるために自分が割を食ってちゃ世話ないぞ、まったく。


「なあ胡蝶……お前、いつから魔剣士だったんだ？」

自力での歩行も困難なほど消耗した伊澄。

肩を貸し、他のクラスメイトたちが集まる広間へと続く通路を往く途中、そう尋ねられた。

絶対に突っ込まれるとは思ったが、なんとも返答しづらい質問を投げてくれる。

ほぼクラス全員が集まった教室内で魔剣を抜いてしまった以上、もう隠すのは無理筋。

この急場を切り抜けても、次は魔剣士協会との一悶着が待っているのは明らか。

別段それ自体に後悔はない。ああしなければ教室中の人間が離れ牢に呑まれていた。

が、周囲にも取り調べが行われる可能性を考えると、迂闊なことは教えられない。

……特に、虚の剣の横流しがバレるのだけは、なんとしても避けたい。

俺だけに留まらず、店長代理にまで累が及んでしまう。脱法らしいけど。

いくらかの沈黙と思案を挟んだ末、割と最近、とだけ答えておいた。

「その割には、随分と動きが達者だったな」

ふと、横合いから鳴り響くスパーク音。

虚空に蒼い電光を迸らせ、それを掴み、俺の無銘(レギオン)と同一規格の片手剣を喚び出す伊澄。

魔剣は大きく7つの系統に分かれており、それぞれで性質の方向性が異なる。

雷のエフェクトを持つのは『強欲(グリード)』だった筈。一体どんな悪魔が宿っているのだろう。

「身体強化(エクストラ)を使うとパワーがあり過ぎて、全然思い通りに動けねぇ」

「要練習」

瞬く間に金色へと移り変わった瞳で、幾何学模様が描かれた刀身を見下ろす伊澄。

輪郭こそ全く同じでも、細部の意匠は異なるのか。

知らなかった。虚の剣の状態だと、表面が白く塗り固められているからな。

ともあれ、まずは跳ね上がった身体能力に慣れるところから始めた方がいい。

「魔剣技(アーツ)……飛斬(スパーダ)の方もひどいもんだ。斬り裂くどころか、押しのけるのがやっとだった」

「そっちも要練習だな」

再び雷光が魔剣表面を覆い、伊澄の手元から消える。

飛斬(スパーダ)は射出のタイミングと、砲身の役目を担う斬撃そのものの鋭さが命だ。

力任せの我武者羅な一刀に乗せても、大した切れ味は望めない。
まあ、差し当たりは生きてここから出ることだけを考えるべきだ。
身体に慣れるのも技を磨くのも、その後に回したって遅くはないのだから。

体育館ほどの広さを有する空間の中央付近で集まっていた、5人のクラスメイトたち。
各自、不安げな面持ちだったが、伊澄が戻ったことで一様に安堵した様子を見せる。
人望のある纏め役が居てくれて、本当に助かった。
仮にコイツらがパニックを起こし、八方に逃げ回っていたら、救出は絶望的だった。
「……胡蝶。俺はここで救助を待つべきだと考えてるんだが、どう思う？」
「妥当だな。と言うか同意見だ」
この広間に繋がる通路は、俺たちが通ってきた1本のみ。
籠城も迎撃も容易く、ひとまず近辺には天使の気配もない。
そして今頃、外は大騒ぎだろう。魔剣士協会への通報も行われた筈。
クラスメイトたちとの合流という山場も越えた。
これ以上、無意味に危ない橋を渡ることもない。
魔剣を握ったまま、床に腰を下ろす。

あとは助けが来るまで、じっと息を潜めていればいい。

そう結論付け、静かに目を閉じ、秒数を数え始める。

……事態が急変したのは、それから僅か数分後。

顔色の悪かった喘息持ちの女子生徒が、激しく咳き込み始めた。


背中を丸めて横たわり、ヒューヒューと弱々しく繰り返される、引きつった呼吸音。

ただでさえ血の気が薄かった顔色は更に青ざめ、一層苦しげに歪んでいく。

「ポケットに薬は」

「駄目だ、ない。カバンの中か、教室を出ようとした時の押し合いで落としたのかも」

離れ牢へと呑まれる際に併せて持ち込まれるのは、直接身につけていたものだけ。

首を振り、歯噛みする伊澄の返答に、小さく舌打ちした。

「持ってたらとっくに自分で使ってるか」

――どーすっかな。

魔剣士協会からの救助が派遣されるまで、あと1時間か、若しくは2時間か。

当然、実際ここを抜け出せるのは、最低そこから更にプラス数十分は後の話となる。

そして喘息の重発作は、早ければ1時間足らずで患者の命を奪う。

ほぼタイムオーバー。十中八九、手遅れ。

「くそっ！」

鳴り渡るスパーク音。

虚空に迸る蒼雷を掴み、手元に魔剣を喚び出す伊澄。

そのまま踵を返そうとした背中を、呼び止めた。

「どこへ行く気だ」

「核石(コア)を壊して、今すぐここを出る！　じゃなきゃ間に合わない！」

なるほど。教室まで戻れば本人の常備薬がある。そいつを使えば病院に担ぎ込むまでは保つ。

だがしかし、それは。

「今のお前には無理だ。自分が一番分かってる筈だぞ」

ついさっき虚の剣を抜いたばかりの無銘(レギオン)に成し遂げられる条件ではない。

なんなら下天使(エンジェル)数体に囲まれた時点で詰む。道中で殺されるのがオチ。

「ッ……だが！」

「勝ち目ゼロじゃギャンブルは成立しない。無駄に死者を増やすだけだ。やめとけ」

とは言え、犠牲なく現状を切り抜ける手が、早急な核石(コア)の破壊だけであることも事実。

——仕方ない、か。

「俺が行く。あの騒ぎで薬を落としたなら、元をただせば俺の責任みたいなもんだしな」

「胡蝶……」

もしここで己可愛さに保身を選べば、当分は飯が不味くなるし、寝付きも悪くなる。

健全な精神衛生を維持するためにも、見捨てるという選択肢はない。

「ただし、ハッキリ言わせてもらえば、それでも成功率は雀の涙程度だ」

核石を護っているであろう、権天使を上回る位階の天使。

協会の資料には第四位まで記載されていたが、どいつも勝てる気など全くしなかった。

そもそも第一段階の魔剣では、第六位以上の天使が纏う常夜外套を貫く時点で至難の業。

そんなバケモノを撃破、或いは出し抜いて核石を壊すなど、およそ手に余る難事。

１００回やって１回でも上手くいけば、観客総出でスタンディングオベーション並の偉業。

ならばどうすべきか……などと、わざとらしく考えるまでもない。

今この場で、魔剣の段階を上げればいい。

「これから少しだけ危ない橋を渡る。もし万一のことがあった時は、俺の魔剣を彼女に」

魔剣は宿主が死ねば、虚の剣へと再封印されて分離する。

身体強化の効力は内臓や器官にも及ぶ。喘息の症状くらい容易く抑え込める。

「胡蝶、お前何を――」

俺の言葉に不穏を感じてか、こっちに近付こうとする伊澄を手で制す。
次いでポケットをまさぐり、引っ張り出した掌の上で転がる、ビー玉サイズの黒い石。
「…………」
土壇場になって、少しだけ躊躇う。
けれど、素人目にも一刻を争う状態だと明らかな女生徒の姿に、最後の腹を決めた。
サシで話したことすらない相手でも、俺の目の届くところで死なれるのは後味が悪い。
行動次第で助けられる立場にあるのなら、尚更に。
――ままよ。
魔剣との融合で肝が据わるようになったことを有難く思いつつ、口の中へと押し込む。
そうして、固形化した生体エネルギーの塊である聖石を――ごくりと、飲み込んだ。

『聖石……ですか？』
鑑定結果が出たと、バイト終わりに黒い石を返された日のことを思い出す。
『おう。そのツラを見るに知らねーみたいだな。ま、そりゃそうか』
ソファに寝そべり、気だるそうに欠伸する店長代理。
アホほどレア物だぜ、と前置いてから、彼女は説明を始めた。

『そいつは聖人っつう、天使とは別種のバケモノがくたばる時、稀に遺す宝石だ』

『聖人……』

　一般にはあまり知られていないが、天獄の怪物は2種類に大別されている。

　ちなみに俺も、この時まで聖人という呼称すら知らなかった。

　光輪（ヘイロウ）を頭上に戴（いただ）き、無機物のみで五体を構成されたバケモノこと、天使。

　光輪（ヘイロウ）を持たず、ほぼ有機成分でデタラメに形作られたヒトガタこと、聖人。

　現状で明らかとなっている細かな差異についても後々調べたが、ひとまず割愛。

　個体数が非常に少なく、平均的に高い戦闘能力を持つのが聖人と覚えておけばいい。

『大体どれも肉と骨をごた混ぜにしたような奴らしいぜ。想像するだけで気持ちわりー』

『……アレか』

　最初の離れ牢で、最後に遭遇した異形。

　あの時は大天使（アークエンジェル）と誤認したが、実際は更に強大かつ得体の知れぬ存在であった模様。

　資料によれば、聖人は最低でも第六位相当のチカラを持つとか。

　現れたばかりで調子を出せないうちに畳み掛けた当時の判断は、まさしく英断だった。

　我ながら本当に悪運強い。

『聖石って、天使が遺す天石とは違うんですか？』

指先サイズの欠片にさえ膨大な電力が詰まった、まさしく文字通りの意味で魔法の石。

今や関東圏の消費全てを賄っており、脱炭素社会の象徴として注目されている代物。

『だいぶ違うな。天石は電気エネルギーの塊だが、聖石は生体エネルギーの塊だ』

そう言われてもピンと来なかった俺に、店長代理は噛み砕いて説明してくれた。

要は、倒れた天使の亡骸が変化する光の粒と同じようなものだとか。

ただし、密度は比較にならないほど高いらしい。

『そいつを使えば、普通に天使を倒すよりも遥かに大きなチカラがお前に注ぎ込まれる』

とどのつまり、魔剣士専用のパワーアップアイテム。

『もちろんリスクもある。チカラを取り込み損ねれば、内側から焼かれるぞ』

使うかどうかは良く考えてから決めろ。売るならアタシが渡りをつけてやる。

そう告げた店長代理の目は、どこか剣呑な色で聖石を睨んでいた。

たぶんあの人は、俺に使ってほしくないと思っていたんだろう。

見た目や言動の割に、けっこう優しいからな。

『ちなみに、そのサイズなら5千万は下らねー』

だいぶ心揺さぶられたけど、ひとまず手元に残しておくことにした。

換金したところで、どうせ姉貴は受け取ってくれないし。

無造作な足取りで踏み入った広間。

その中には、４体の下天使（エンジェル）と２体の大天使（アークエンジェル）が居た。

〈ａａａａ〉

下天使（エンジェル）のうち１体は、クロスボウ持ち。

俺の姿を見とめるや否や、反射的に心臓めがけて撃ってきた。

だが当たらない。

否。届かない。

風を裂いて迫る飛矢は、俺を貫く前に消え失せた。

混じり気のない銀色の炎で、コンマ数秒とかからず消滅したのだ。

「もっと弱火で良かったな」

今、俺の手に魔剣は握られていない。

代わりにひとつ、甲高く指を鳴らす。

「『聖炎（ウェスタ）』」

火種もなく、一斉に燃え上がる天使たち。

倒れる間もなく、一片の灰すら残さず燃え尽きる。

いや。正しくは少し違う。少しと言うか、全く違う。

何故なら俺の放った銀炎——聖炎（ウェスタ）は、何も燃やしていないのだから。

「……まだ火が強いか」

要練習。だが幸いかな。

練習台なら、この先にいくらでも居る。


下天使（エンジェル）を21体。

大天使（アークエンジェル）を14体。

権天使（プリンシパリティ）を5体。

13の広間を越え、40の天使を焼き尽くした。

ああいや、だから燃やしては——まあいいか、なんでも。

「……次が終点か」

肌身にビリビリと伝わる、今までにないほど強烈な威圧感。

両手をポケットに突っ込んだまま、最後となるだろう通路を抜ける。

その先で俺が最初に見たものは、金色に輝く核石（コア）。

そして。それを護るように立ち塞がる、2体の天使。

〈Ｎａａａａ〉

〈Ｎａａａａａａ〉

手には盾と槍を携（たずさ）え、背には翼を有した、一見すると煌びやかな鎧。

けれども細部の意匠はどこか禍々しく、本能的な嫌悪感を誘う。

何より、全身を覆う常夜外套の濃さ。

人類への敵意を圧し固めて可視化させたような、黒い揺らめき。

まともな神経なら、とても好感など抱けまい。

「やっぱり権天使（プリンシパリティ）よりも高位（うえ）が居やがったな」

視線だけ巡らせ、全く同じ造形の２体を交互に見比べた。

資料に添えられた写真の中から、該当するものを思い出す。

――『能天使（パワー）』か。

九つの階級で第六位に位置する中位天使。

なるほど。第七位以下の下位天使とは格が違うと、対峙した時点で分かる。

そんなバケモノ相手に、いきなり２対１。

しかも協会の資料によれば、能天使（コイツ）は数が増えるほど個々の脅威度も水増しするとか。

とは言え、これくらいのシチュエーションなら、ひとまず想定の範囲内。

力天使（ヴァーチャー）や主天使（ドミニオン）ではなかっただけ儲（もう）け物と思っておこう。

もっとも、そいつらが出張ってきたところで——今なら微塵（みじん）も負ける気などしないが。

「奪え」

指を鳴らし、２体の能天使（パワー）を起点に着火。

瞬く間、３メートル近い全身へと燃え広がる聖炎（ウェスタ）。

燦然（さんぜん）と輝く銀色が常夜外套の漆黒を塗り潰し、引き剥がす。

そうして絶対の護りを欠いた天使本体にも銀炎は牙を剥（む）き、全てを奪い尽くす。

ここへ辿り着くまでは、それでカタがついていた。

もはや第七位以下とは戦いにもならないほど、俺の魔剣はチカラを取り戻した。

が、しかし。

「流石に下位天使とはモノが違うか」

常夜外套との押し合いに力負けし、散り散りに払い飛ばされる聖炎（ウェスタ）。

権天使（プリンシパリティ）なら３秒で塵も残さず消え去る火加減だったんだが。

「どーすっかな」

本音を言えば、今後のためにも色々試しておきたいところ。

けれど、生憎と時間がない。

核石へと辿り着くまで、なんだかんだ手間取ってしまった。
急激過ぎるチカラの増大は、当然ながら身体強化の出力面にも影響を及ぼしている。
正直まだ感覚が追い付いていない上、剣の形状まで変わった。
この不慣れな状態で接近戦に持ち込まれれば、少しだけ厄介。
敗けはしないと思うが、下手に時間を費やせば、あの女生徒は手遅れになる。
「チッ」
返す返すも今の俺は、著しく跳ね上がった自分自身のチカラに感覚が追い付いてない。
例えるなら、原付しか乗ったことのない人間が急に大型バイクへと跨ったような状態。
ゆえに、できれば全力は使わず済ませたかったが……仕方ない。
——フルスロットルで、即終わらせる。
虚空に迸る、蒼い炎。
七系統の『憤怒』に属する魔剣であることを示すエフェクト。
そいつを掴み、俺の新たな——否、本来の魔剣を引き抜く。
片手剣に規格が統一された第一段階の無銘とは、全く異なるシルエット。
炎の揺らめきのように波打つ刀身を持った両手剣、フランベルジュ。
名前と姿を取り戻した、第二段階の魔剣。

同じものは2つと存在しない、唯一無二の剣。

「神を呪え」

本人から聞き知った、その銘(な)を呼ぶ。

もう前のように、舌も喉も痺れなかった。

「『ジャンヌ・ダルク』」


意識が、魔剣の内側に引き込まれる。

瞬く間、視界の景色が移り変わっていく。

黒い石造りの広間から、どこまでも広がる草原へと。

〈驚いた。聖石を飲むなんて〉

風と共に耳朶(じだ)を撫でる、どこか呆れた音色の、透き通った声。

鎧を纏い、焼け焦げた十字架を首に下げた、長い金髪の少女。

魔剣(ジャンヌ・ダルク)の悪魔が、すぐ隣に立っていた。

〈もしかしたら死んでたかもしれないのに。全身を焼かれるのは、すごく苦しいわよ〉

かつて火刑に処された者の言葉だと思うと、説得力が違う。

そしてリアクションにも困る。

「俺だって、できるなら使わず済ませたかったさ」

〈じゃあ、どうして？　名前も覚えてない女の子のため？　まるで物語の騎士様ね〉

からかうような口ぶり。

生憎だが、正義感とか博愛精神とか、そんな高尚なものを土台に敷いた行動じゃない。

「見殺しは気分が悪い。気分が悪いと飯が不味くなるし、夜も寝付けなくなる」

それだけだ、と返す。

するとジャンヌは何がおかしいのか、くすくす笑い始めた。

〈ヘンな人。そんな理由で自分の命を懸けるの？〉

「俺にとっては十分な動機だ」

近付いて手を伸ばせば救えるかもしれない誰かを、その場で見捨てるのは容易い。

しかし面倒なのは、そこから先。

「神経質なタチでな。一時の保身の代償に、今後の人生を丸ごと煩わされかねない」

ふとした瞬間に頭をよぎる、あの時ああしていれば、こうしていればという後悔。

何年経っても、何十年経っても消えず、きっと死ぬまで続くだろう後味の悪さ。

だったら、自ら危険へと飛び込む羽目になってでも動いた方が幾分マシだ。

「俺の行いに、他人への善意なんてない」

後々になって、自分が嫌な思いをしたくないから。

あくまで己自身のための、消去法的な選択に過ぎないのだ。

「事実、地球の裏では何万人も飢え死にしてるとか言われても、なんとも思わないしな」

〈虚の剣を売ったお金の半分を、そういう人たちへの募金に使ったのに？〉

「……姉貴が受け取らないなら、後生大事に大金抱えてても仕方ないってだけだ」

これと言った趣味もなければ、物欲も薄い。

有事に備えた貯金は別として、その範疇を外れた金銭には取り立てて魅力を感じない。

そんな余分を、必要とするところに回しただけ。

これまた善意には程遠い話。

………………。

「そろそろ戻らせてもらう。これでも忙しい身なんでね」

嫌だ嫌だ。明日以降のことを考えると気が滅入る。

よし、考えるのやめよう。きっと明日の俺がなんとかしてくれる。

頑張れ明日の俺。

〈待って。最後に聞かせてくれないかしら〉

現実逃避の最中に肩を掴まれ、対面の形を取らされる。

改めて見ると、史実で言い伝えられている通り、けっこう美人。
〈私というチカラを得た貴方は今、何を望んでいるの？〉
妙なことを聞く。
急にそんな質問を振られてもな。
「特には」
強いて挙げるなら、魔剣士になる前と同じか。
――毎日、落ち着いて飯が食いたい。
――毎晩、ぐっすり眠りたい。
そう答えると、ジャンヌは目を丸くして――さもおかしそうに、再び笑った。

閉じた瞼を、静かに開く。
俺の意識は、元の場所に戻っていた。
余さず銀色の炎で埋め尽くされた、大広間へと。
「良かったな」
床と天井を繋ぐ火柱に呑まれ、跡形もなく消滅する核石。
倒れ伏し、ピクリとも動けず、身体の端からボロボロと崩れていく2体の能天使。

「曲がりなりにも天使なんだ。聖なる炎の薪になって死ぬなら、本望だろ？」
指を鳴らし、大広間を埋め尽くしていた銀炎を払う。
併せ、蒼火で魔剣を覆い、そのまま手元から消す。
程なく、周囲の空間が歪み始める。
核石を破壊したことで、離れ牢の消失が始まった模様。
——ちゃんと、出られるんだよな？
ふと頭の隅を掠める、そんな疑念。
この離れ牢は、明らかに不可解な点が多過ぎた。
やたらと広い構造。徘徊する天使の位階。
果ては魔剣士を呑み込むという、俺の知る限りではあり得ないと断言されていた現象。
何かがおかしい。今まで乗り越えた三度のそれとは、何かが決定的に違う。
であれば、カタがついたと安心しきるのは、少しばかり早計か。
緩みかけた緊張を、再び張り詰めさせる。
体勢を低く落とし、魔剣を抜く間際の状態で身構える。
空間の歪みによって三半規管が揺さぶられる気持ち悪さを堪えつつ、五感を研ぐ。
呼吸と心拍でリズムを取り、時を数える。

10秒、30秒、1分と過ぎていく時間。
頬を伝う冷や汗。妙に乾く舌先。
ひどく神経を削る警戒に区切りがついたのは、およそ数分後のこと。
一瞬の浮遊感を経て鎮まる、船揺れに似た感覚。
次いで俺は——俺たち7人は、歪んだ空間の中から投げ出された。

元の世界へと舞い戻り、最初に見た景色は、荒れた無人の教室。
半分以上が蹴倒された机や椅子、床を転がる靴跡のついたカバン。
一斉避難でも行われたのか、室内はもちろん、廊下からも人気は感じられない。
深く抉れた黒板の上に掛けられた時計が示す時刻は、始業から30分が回った頃合い。
つまり離れ牢に囚われていた時間も、おおむね30分ほどということになる。
そこまで確認した後、俺は構えを解き、深く静かに息を吐いた。
「か……帰って、来られた……？」
背中越しに呆然と誰かが、奇しくも俺の胸中と同じ言葉を呟く。
それを皮切りとし、安堵や歓喜の声が続々と上がり始める。
そんな一方で、弾かれたように脇を駆け抜けた人影。

「どこだ……薬……！」
横たわらせた女生徒のカバンを開け、一心不乱に中身を漁る伊澄。
ここだけ切り抜くと、なんかヤバい奴みたいだな。
などと、下らん冗談を言ってる場合ではない。
俺の方でも、足早に教室内を探し回る。
そして。ひっくり返った椅子の近くに落ちていたそれを見付け、拾い上げた。
「あったぞ」
喘息用の携帯吸入器。
投げ渡すと、伊澄は大急ぎで女生徒の口元にあてがった。
「頼む効いてくれ、頼む頼む……！」
既に半ば止まりかけていた呼吸。
薬だけでは不足と判断し、周りの奴らに適切な処置をスマホで調べさせ実践する伊澄。
その腐心の甲斐あってか、僅かずつだが息を吹き返す女生徒。
青ざめた顔色にも、徐々に血の気が戻り始める。
かなり際どいところだったが、なんとか全員生還させられたか。
ひとまずこれにて一件落着。

差し当たり、今夜もぐっすり眠れそう――

「――これは一体、どういうことだ？」

胸を撫で下ろす最中、教室の扉を開ける音と共に鳴り渡った声。

少しハスキーがかった、聞き覚えのない女声。

「通報を受け、朝食を切り上げ、取るものも取らず駆け付けてみれば」

カツカツと床板を叩く、硬い靴底の音。

振り返ると、ちょうど教室内に入って来るところだった女が一人。

「離れ牢の入り口はどこだ？　確かにここだと聞いたぞ」

褐色の肌。腰に届く長さの癖っ毛な白髪。

俺とほぼ変わらないほど背が高い、金色の瞳を持つ、日本人離れした容貌の持ち主。

袴を着込み、厳しいブーツを履き、金具で飾られたコートを羽織った珍妙な服装。

およそ普段着とは思えない、ほぼコスプレまがいな格好。

ただ、不思議と痛々しさは感じなかった。本人のビジュアルが良いからだろう。

イケメンと美女は何着ても似合う、的な。

「……貴様」

不意にコスプレ女と視線が重なり、怪訝そうな眼差し（まなざし）を向けられる。

だが口を開こうとした寸前、未だ目覚める様子のない女生徒に気付き、足早に寄った。

「怪我か。それとも病気か」

「え……あ……喘息、です。薬は吸わせましたけど、急いで病院に――」

「どけ」

伊澄を押しのけ、女生徒の前で屈み込むコスプレ女。

次いで、虚空へと手を伸ばし――蒼い水飛沫を迸らせた。

「『酒呑童子』」

コスプレ女の手中に現れる、1本の剣。

いや、アレは刀か。やけに刀身が長い。あんなもの、まともに振り回せるのか。

「何を――」

「黙れ、気が散る。そのせいで配合を間違えたら叩きのめすぞ」

女生徒の口元に突き付けられる切っ尖。

低い一喝で伊澄を黙らせ、深く息を繰り返すコスプレ女。

「――『小盃(コサカズキ)・百薬酒(ヒャクヤクシュ)』」

やがて刀身に浮かび上がる、紫色の結露。

刃を伝い、ひと雫(しずく)となり、刃先からしたたり、僅かに開かれた女生徒の唇へと落ちる。

こくりと、微かな嚥下の音が鼓膜を掻いた。

「これでいい。じき目覚める。もう二度とソレを使う必要もない」

伊澄が持っていた吸入器を指差し、そのように告げ、コスプレ女は腰を上げる。

「さて」

そして、その埒外な長さの刀を肩へと担ぎ、俺に向き直った。

「魔剣士協会第五支部の真月ユカリコだ」

「ッ」

唐突な自己紹介に、少しだけ目を見開く。

魔剣を出した時点で分かってはいたが、やはり協会の人間か。

だが何故、わざわざ俺にだけ名乗った？

——まさか。

「見ない顔だな。所属は」

続いた問いに、やはりそうかと歯噛みする。

どうやらコスプレ女——真月とやらは、俺が魔剣士であることを確信しているらしい。

もしや魔剣士には、共通した見分け方が存在するのか？

しかし俺の調べた限りでは、そんな情報——

「待て。貴様、識別紋はどうした」

識別紋。そう言えばあったな、そんなの。

協会所属の魔剣士全員が首に彫ることを義務付けられている刺青。

「……なるほど。ヤタの突飛な推論も、まんざら的外れではなかったらしい」

俺が答えに窮する一方、何か得心したような表情を見せる真月。

併せ――刃渡りだけでも成人女性の平均身長を上回りそうな長刀が、俺に向けられる。

「第五支部まで連行する。抵抗する場合は荒っぽい手を使うが、どちらが好みだ？」

見なかったコトにしてくれってのは……まあ通らないよな、流石に。

「ち、ちょっと待て！　連行って、胡蝶は俺たちを助けてくれたんだぞ！　それを――」

思わずとばかりに割って入ろうとした伊澄を制し、無抵抗を示すべく両手を上げる。

事情も知らずに庇おうとしてくれたのは感謝するが、生憎と向こうが官軍なんだ。

「分かりました。従いますよ、素直にね」

「そうか。私としても、その方が助かる」

あっさりと下ろされる切っ尖。

溜息混じり、なんとなく窓の方を見た。

――ああ。そりゃバレるわ。

ガラスに映る俺の顔は、瞳が金色に変わったままだった。
恐らく魔剣が第二段階に移行すると、常時こうなのだろう。なんてこったい。
…………。
今後しばらく、快食安眠とは程遠い生活を送る羽目になるかもな。
最悪すぎる。あと、姉貴になんて言い訳しよう。

4章　魔剣衝突

スウェーバックと併せて、半歩だけ退く。

振り下ろされる一刀を、間合いの数ミリ外で、ギリギリ躱した。

「っ……」

長刀を隔てた先にて見開かれる、真月の両目。

だが流石は魔剣士と言うべきか、驚愕(きょうがく)も動揺も一瞬で抑え込み、次手を打つ。

「ザァッ!!」

勢い余った刃先が地面を抉る寸前、鋭く切り返される。

同じ軌跡をなぞる上下二連斬。燕(つばめ)返しか。

本来こんな馬鹿長い刀でできる技ではない。ゴリ押しだな。

しかも、すり足で距離を詰めつつの追撃。初太刀より間合いを見切りづらい。

躱せなくはないが、無理に避けようとして斬られるリスクを背負うのも馬鹿らしい。

なので今度は、掌で切っ尖を弾いた。

「な……!?」

まさか素手で防がれるとは夢にも思わなかったのか、真月の動きが強張る。

ほんの四半秒程度の硬直だったが、そこを見逃すほど呑気じゃない。

剣戟を弾いた際の反動を利用し、後ろ回し蹴りを放つ。

ほどほどの強さで、踵を鳩尾に突き刺した。

「ぐっ……!!」

常人なら良くて骨折、悪くすれば内臓破裂を起こすだろう、文字通り致命的な一撃。

それを数歩の後退、何度か咳き込む程度の痛痒で済ませ、構えを取り直す真月。

「けほ、けほっ……貴様、何をした⁉」

「接触の瞬間だけ身体強化を左手に集中させて、強度を上げた」

魔剣が第二段階へと移行したことで、出力そのものが大きく増している。

腕力任せの強引な不意打ちを弾くくらい、わけはなかった。

「妙な技術を……いや待て、それを蹴りにも使えばカタがついていたのではないか⁉」

「かもな」

やらないけど。そんな真似しでかしたら、相手が魔剣士であっても殺しかねない。

第一、女の腹を本気で蹴るって時点で、普通に気が引ける。

「真面目にやれ！　魔剣すら抜かず立ち合うばかりか、のらりくらりと……！」

そう仰(おっしゃ)られても、こちとら全く気乗りしないのだから仕方ない。

魔剣の影響で敵意を掻き立てられる天使は別として、基本的に事なかれ主義だし。

そんな胸中を表すべく、肩をすくめてみる。

すると真月は何が気に食わなかったのか、一層と眉間にシワを寄せ、睨み付けてきた。

「……いいだろう。貴様がそのつもりなら、私も相応の態度で臨ませてもらう」

毒気を抜くどころか、一層と強まる覇気(はき)。

体表を覆う蒼いモヤ——身体強化(エクストラ)の出力を示すエネルギーの力場が、大きく揺らめく。

〈血の気の多い女ね〉

頭蓋の内側に、呆れたような悪魔(ジャンヌ)の呟きが鳴る。

そう言うお前も、史実に伝わる人物像は相当に血気盛んな方だったと聞いてるけどな。

………………。

「はぁ……なんだって、こんなことに……」

ポケットに両手を突っ込み、ひとつ溜息。

直後、猛獣の如く飛び掛かってきた真月。

その攻めを捌きながら、俺は思考の一片を割いて思い返す。

ここ数時間で起こった、ひどく目まぐるしい、一連の出来事を。

「てっきり、拘束くらいされるものだと思ったんですけどね」

協会支部とやらへの連行を受け入れた後、俺はタクシーに乗せられていた。

なんだかちょっと拍子抜け。

「半人前以下の魔剣使いなら兎も角、魔剣士をロープや手錠ごときで戒められるものか」

隣に座った真月がチョコバーを頬張りながら、そう返す。

なんでも朝食を取り損ねたとか。朝抜きは確かにツラい。

「そもそも、逃げようなどと考えたところで無意味だ」

指先についたナッツの欠片を舐め取りつつの、凶暴な笑み。

鮫のように尖った牙が並んだ歯列。

魔剣との融合は、瞳の色以外にも身体的変化をもたらす場合があるのだろうか。

「協会に属さん無頼の身で魔剣を第二段階まで押し上げた。なるほど、その手腕は見事」

だがな、と一拍の区切りが入る。

「どこのどいつを引き当てたか知らんが、私と貴様とでは融け合った悪魔の格が違う」

つまり真月こそが連行中の俺に対する鎖だと。

なんとも大した自信だ。よほど強い悪魔を抱えているらしい。

〈――言ってくれるじゃない〉

おもむろに、頭の中で声が響いた。

〈辺鄙な島国でイキってただけの脳みそ縮んだアル中に、この私が劣るですって？〉

半透明に透けた姿で現れたジャンヌが、不愉快げに舌打ちする。

真月やタクシーの運転手には見えていないのか、完全なノーリアクション。

〈ねえジンヤ。少しからかってあげたら？〉

意地悪く微笑み、こしょこしょと耳元で提案を囁いてくるジャンヌ。

息が当たってこそばゆい。そもそも内緒話のポーズを取る必要とかないだろ。

――お前、流石にそれは。

〈魔剣士協会は実力主義なんでしょ〉

渋る俺へと、ジャンヌが更に言葉を続ける。

〈こいつに一杯食わせれば、貴方のチカラを分かりやすく示せると思うけど？〉

まあ一理なくもないか。

今の俺の立場はかなり危うい。何せ出所不明の魔剣を所有する、協会未登録の魔剣士だ。

しかも叩けばホコリが出るくらいには後ろ暗いこともやってる。脱法だけど。

元々の予定では、高校卒業頃まで腕を磨いた後、自ら協会に出向くつもりだった。

そうすれば魔剣の入手経緯も誤魔化せるし、面倒やイザコザも最小限で収まった。

が、そいつは見事オシャカとなってしまった。

少し調べれば、あの離れ牢に呑まれる前から魔剣を所持していたことは簡単に割れる。

第一、真月は有無を言わさず俺の連行に踏み切った。嫌疑をかけられているのは明らか。

店長代理曰く、魔剣関連の法整備はまだまだザルらしいが、お咎めナシでは済むまい。

――仕方ない。

当初のプランは水泡に帰した。現状で採れる次善の策は、自らの有用性の証明。

政府は一人でも多くの魔剣士を欲している。使えることを示せば悪いようには扱われない。

そして。魔剣士協会という力こそ最優先な組織における有用性など、ひとつしかない。

真月が大きく欠伸したタイミングを狙い、俺は――タクシーのドアを蹴破った。

身体強化を右脚へと集中させ跳躍。手近なビルの屋上を囲うフェンスに腰掛ける形で着地。

〈アッハハハハハハハハ！　大口叩いた割には簡単に逃げられたわねぇ！〉

「暴れていれば警戒もされただろうが、素直に同行したからな」

けらけら笑うジャンヌを他所、車道を見下ろす。

急ブレーキをかけ、街路樹に衝突寸前で危なっかしく停車したタクシー。

少し間を置き、鋭敏化した聴覚に届く、運転手と真月とのやり取り。

「『修理代はここに請求しろ』か。映画以外で初めて聞くセリフだ」

〈あ、出てきた〉

外れかけたリアドアを押しのけ、狭そうに車から降りる真月。

険の寄った表情で左右を見回していたので、指笛を吹いて位置を知らせる。

「ッ……どうやって一瞬であそこまで……貴様ァ！　なんのつもりだ！」

通りの良いハスキーボイスで怒鳴り付けられる。

これくらいの距離なら、普通に話す程度の声量でも聞こえるって。

「本当に逃げても意味がないのか、少し試してみたくなった」

あえて挑発的な態度を取ってみる。

冷静になって人手を呼ばれたりとかしたら意味ないし。

「それに、まだ第二段階（いま）の出力に馴染んでなくてな。遊んでくれよ」

小馬鹿にした風にそう告げると、真月の金瞳がチカチカと瞬く。

次いで虚空に手を伸ばし、蒼い水飛沫を迸らせ——馬鹿長い刀型の魔剣を、抜いた。


建物の屋根から屋根へと飛び移る。

正直あまり高所は得意じゃなかったのだが、魔剣と融合して以降は全く平気だ。

たぶん、落ちても問題ない高さになったからだろう。

「ちゃんと追って来てるか？」

〈ええ。でも妙に遅いわね〉

跳躍の最中、肩越しに後方を窺う。

確かにジャンヌの言う通り、今ひとつスピードが乗っていない。

〈あ、分かった。あの女、貴方と同じことができないみたい〉

「同じこと？」

〈身体強化（エクストラ）の一点集中〉

なるほど。

「魔剣士ならデフォルトで修めてる技術（ワザ）ってワケじゃないのか」

単に飛斬（スパーダ）を撃つ時の応用なんだけどな。

なんなら応用とすら呼べない。蒼炎（エネルギー）を集める先が刀身か、身体の一部分かの違いだし。

「それとも系統によって、そこら辺の性質も違ったりするのかね」

エネルギーが水のエフェクトってことは『暴食（グラトン）』に属する魔剣か。

水は基本的に圧縮できない。その影響を受けているのかも。

「よく分からん。戦闘技術関連の内容とか、ほぼ資料に載ってなかったしな」

〈ねえ〉

しばし考え込んでいたところ、軽く肩を叩かれる。

どうしたジャンヌ。

〈たぶん撃ってくるわよ。飛斬（スパーダ）〉

…………。

流石にフリだろ。ここ街中——

「ッ！」

殺気。着地と同時に振り返る。

目前まで迫っていた蒼水の刃を側面から蹴り付け、空高く打ち上げた。

「……追い付いたぞ」

10秒ほどの後、上空で弾けて霧散する飛斬（スパーダ）。

その光景を仰（あお）いでいたら、同じビルに足をつけた真月の姿が視界を掠める。

向かい合い、頬を掻く。

だいぶ無茶苦茶やりやがるな、この女。

「随分舐めたマネをしてくれたな」

刀身に残る蒼水の残滓（ざんし）を払いつつ、さも忌々（いまいま）しげに吐き捨てる真月。

こめかみの青筋を見るに、結構な立腹具合。

危うく面子を潰されかけたのだ。当然っちゃ当然か。いかにもプライド高そうだし。

ただ流石に今のは、こっちも物申させてもらうぞ。

「もし俺が弾いてなかったら直撃だったぞ」

錆びた給水塔を、背中越しに顎でしゃくる。

瓦礫が下に落ちて、危うく大事故を起こすところだ。

「…………ついカッとなってやった。ごめんなさい」

あやまれてえらい。

次から気を付けるように。

――それじゃあ、仕切り直しってことで。

「あ‼　この、待てっ‼」

待ちません。


「どこに行った！　隠れてないで出て来い！」

人通りの多い駅前で喚く真月。

あらかじめ魔剣を手元から消してなかったら、即通報案件だったな。

しかし、ただでさえ目立つ容姿と格好に加え、あんな大声を上げて。

自分の居場所を教えて回ってるようなもんだと気付いた方がいい。

「俺はチョコレートとバニラのダブルにするけど、お前は？」

〈ミントとストロベリー〉

了解。

「っ、見つけ――貴様ァ！　追われる身でアイスを買うとはどういう了見だ⁉」

だってジャンヌが食べたいって言うから。

俺も甘いもの欲しかったし。


「くそっ！　また見失った！」

アイス片手、入り組んだ路地裏を使って真月を撒き、近くの屋根から様子を窺う。

生憎と俺の方が、足の速さも切り返しの鋭さも上だ。

闇雲に追いかけるだけじゃ、百年かけても捕まえられないぞ。

「ぐ、くくっ……もし逃げられでもしたら、黒総のバカにどんなイヤミを……！」

ぎりぎりと歯軋(はぎし)りする真月。

そんな彼女の背後に飛び降り、肩を叩く。

「ええい、なんだ！　私は今忙し――」

「や」

「………捕まえたァッ！」

細めの電柱くらいならへシ折れそうな勢いのベアハッグ。

骨を持っていかれたくはないため、バックステップで身を躱し、再び逃走した。


「待てぇっ！　大人しくお縛につけ！　いや、その前に一発殴（なぐ）らせろ！」

現在、国道に出てチェイス中。

時速150キロメートルそこそこで追走してくる真月と、付かず離れずの距離を保つ。

……今、追い越した車の運転手の顔、物凄かったな。

「なるほど。どうやら素の出力（チカラ）は、俺より相当上みたいだ」

踏ん張りが利かない空中で撃ったにしては、飛斬（スパーダ）の威力も大したものだったし。

〈余計に救い難いわね。つまりチカラの使い方がド下手ってことじゃない〉

「せめて技術面に伸び代があるとか言ってやれ」

〈はいはい、やればできる子ー〉

それ、特に褒めるところが見当たらない奴に対する常套句（じょうとうく）。

〈あ、ジンヤ。そこ曲がったら目的地よ〉

「そうか」

割と距離はあった筈だが、けっこう早く着いたな。

当たり前か。自動車より速く走ってたワケだし。

「ッ！　ようやく観念したか！」

振り返りながらブレーキをかけ、立ち止まった俺の姿に、牙を見せて笑う真月。

「だがもう遅い！　私をコケにしたんだ、全身の骨を半分折って半殺しの刑に――」

物騒なことを叫びながら飛び掛かってきた彼女の襟首を掴み、投げた。

「ッが……!?」

見よう見まねのテキトーな一本背負いで、アスファルトの舗装路へと叩き付ける。

肩に羽織らせていただけのコートが宙を舞う。

鉄骨でも落としたような、蜘蛛の巣状の亀裂が広がるほどの衝撃。

けれど身体強化発動中、魔剣士の五体を覆う蒼いモヤは、常夜外套に近い性質を持つ。

つまりモヤがあるうちは、天使と悪魔のチカラ以外による干渉でダメージを受けない。

が、猛スピードで走っていたところを急にひっくり返されれば、動きも思考も止まる。

その隙に魔剣を喚び出し、波打つ刀身の切っ尖を、喉笛へと突き付けた。

「ゲームオーバー。遊んでくれてありがとう、良い慣らしになった」

軽く会釈。

次いで、すぐ側の建物を指差す。

仰向けの格好でそれを見上げた真月の目が、大きく見開かれた。

「そして連行、ご苦労様」

タクシーに乗る際、伝えていた住所。

1階に全国チェーンのレストランが入った、4階建ての小綺麗(こぎれい)な雑居ビル。

魔剣士協会第五支部とやらに、到着だ。


3人も乗れば満員確実な狭いエレベーターで、雑居ビルの4階まで上がる。

「先に出ろ」

降りてすぐ目に入ったのは、飾り気のない無骨な扉。

その脇には『魔剣士協会第五支部』と書かれた金属プレートが貼り付けてあった。

「入れ。鍵はかかってない」

俺の背中を睨み付けながら、低い声音で告げる真月。

微かな水飛沫の廻る音。いつでも魔剣が抜けるよう身構えている模様。

至極当然な警戒だが、生憎もう逃げ出す気はない。

あれだけやっておけば、ひとまずの名刺交換には十分だろうし。

「奥側に座れ」

テーブルを挟む形で二台のソファが置かれた、応接間らしき一室。

指示されるまま腰掛けると、妙に強くコーヒーの匂いが薫った。

「黒総の奴、また寝落ちして引っくり返したな……ここを仮眠室にするなと何度言えば……」

苛立った風に小声でブツブツ呟きつつ、どっかと対面に腰掛ける真月。

編み上げブーツを履いたままガラステーブルの上で脚を組み、懐からスマホを出した。

「今から貴様の取り調べを行う。私とコイツでな」

短い操作の後、机上に投げ出されるスマホ。

ヒビだらけの画面。相当雑に扱ってるんだな。

〔――はじめまして〕

スピーカーモードでの通話。

その第一声を聴いた瞬間、脳裏に疑問符が浮かぶ。

〔私は八田谷田ヤタ。そこに居る真月ユカリコと同じく、第五支部に所属する魔剣士です〕

校門前に呼び付けたタクシーが来るまでの間、真月が電話していた相手と同じ名。

否。そんなことより。

「では、まず――」

「先にひとつ聞いていいか？」

基本、俺は目上の人間には敬語を使うし、話の最中に言葉を被（かぶ）せる類の行為も避ける。

が、今回の相手は魔剣士協会。ちょっと無礼な感じに攻めるくらいが丁度いい、筈。

と言うか、純粋に疑問で仕方ない。

「なんで奥の部屋に居る奴が、わざわざ電話越しに同席するんだ？」

「……なに？」

その質問に対し、真月の表情が一気に怪訝なものとなった。

身を乗り出して、見開いた金色の瞳で至近距離から俺を見据える。

「どうやって察知した。探査能力は『嫉妬（エンヴィ）』の専売特許。貴様の魔剣は憤怒（ラース）だろう」

そっちこそ、何故系統（ソレ）を知ってるんだ。

ああいや、さっき目の前で魔剣を抜いた時のエフェクトか。そりゃ分かるわ。

そして向こうの質問に答えるなら、シンプルに音と気配。

身体強化（エクストラ）を耳と肌に集中させれば、この規模のビルの全容程度は簡単に把握できる。

「……ヤタは超がつくほどの人見知りでな」

俺の返答に納得したようなしてないような態度で、真月がスマホを小突く。

曰く彼女——八田谷田は、他人と直接顔を合わせてしまうと会話にならないらしい。

なるほど。そういう理由なら、ご自由に。

〔お手数ですが、ご容赦ください〕

頭でも下げたのか、電話越しに小さく衣擦れの音。

併せて、真月が再びガラステーブルに脚を投げ出す。

「前置きはいい。さっさと取り調べを始めるぞ」

左目だけを細めた視線が、真っ直ぐと俺を射抜く。

「貴様には、この1時間のうちに聞きたいことが山ほど増えた」

「分かってるさ。なんでも聞いてくれ」

何もかも包み隠さず馬鹿正直に答えるかは、残念ながら保証しないけども。


「名前は」

「胡蝶ジンヤ」

「歳は」

「18」

「血液型は」

「A型のRHマイナス」

調書用にか、まずは基本的なプロフィールに関した質問が重ねられる。

俺が一答するたび、電話越しに小さく聴こえる、キーボードを叩くような音。

八田谷田とやらに電話を繋いだのは、記録を取らせるためか。

監視カメラの類こそ見当たらないが、たぶん録音とかもされてるよな。

「家族構成」

「姉が一人」

「現住所」

「駅近の市営アパート。番地は――」

言うまでもない話だが、魔剣士協会は天獄関連の事象に唯一対応可能な組織。

ゆえにこその必然。ソレ絡みの事案に対し、限定的ながら警察権が与えられている。

とどのつまり、極めて特殊な立ち位置ではあるものの、魔剣士とは国家公務員の一種。

書類を作成する上での形式も、キッチリ体系化されているのだろう。

なんと言うか、少し意外。

ガラの悪い連中の集まりみたいなイメージだったから、もっとアバウトな感じかと。

でもまあデスクワークが粗雑だと、そもそも組織として成り立たないか。

「――いつ、どうやって、虚の剣を手に入れた」

おっと。来たな。

本題に入ったからか、いかにも面倒くさげだった真月が佇まいを直す。

電話の向こうでも、一層と耳を傾ける気配が窺えた。

さて。どこからどこまで、素直に明かしたもんかな。

「だいたい3週間前、離れ牢に呑まれた。そこにあった剣を取り込んだ」

決めた。基本的には偽らず話すスタンスでいく。

重ねる嘘は少なく済ませるに越したことはない。

「場所は」

スマホの地図アプリを起動し、あの時に歩いていた周辺を指し示した。

それを見た真月が、僅かに瞳孔(どうこう)を絞る。

「ッ……ヤタ、間違いない。コイツだ」

〔やっぱり……！〕

手短に交わされる応答。

何がやっぱりなのか。

「どうやって抜け出した。その牢には聖人が居た筈だ」

「……なんでそんなこと知ってんだよ」

「答えろ」

頬を掻き、思考の間を稼ぐ。

今の発言といい、どうにも奴さん方、断片的にだが俺の足跡を握ってるっぽいな。

余計に下手な嘘がつけなくなった。こちとら弁が立つ方でもないってのに、参る。

「倒した。現れたばかりのところに出くわしたんで、ほぼ不意打ちだけどな」

「……なるほど。だったら可能性くらいはあるか。よく生き残れたものだ、運の良い奴」

それは本当にそう。

「しかし何故、離れ牢を出てすぐ協会に一報入れなかった」

「評判の悪い組織に空手で近付くのは抵抗があった。実態を知る時間が欲しかったのさ」

改めて調べたところ、魔剣士協会はお世辞にも国民に大人気の看板とは言い難かった。

若年層の支持こそ高いが、他からは存在を危険視する声の方が遥かに多いのだ。

もっとも、天石を筆頭とした財宝に目が眩んだ政府は、ガン無視の姿勢を貫いてるが。

そこらへんを引き合いに出すと、真月は一応納得したらしく、次の質問へと移る。

「2週間ほど前、市内で離れ牢の痕跡が確認された。潰したのは、お前だな」

「……まあ、な」

「協会に関わりたくないなら、どうしてそんなマネを？」

俺だって回れ右で帰れるもんなら帰りたかったさ。

でも仕方ない。後味の悪い思いをせず済ませるためには、ああする以外になかった。

「それと。現場を離れる際に持ち出した虚の剣は、どこだ」

げ。

「………保管してある」

「後日回収する。個人が抱えたところで容易く金に換えられるような代物でもあるまい」

実は3本持ってて、既に2本売れちゃったけど、とは口が裂けても言わない。

でも、そうか。真月たちが情報を掴んでるのは、あの時の1本だけか。

良かった。このままどうにか誤魔化せるかもしれないぞ。

「ついでに聞くが貴様、一体どうやって離れ牢を探し当てた？」

一気に肩の荷が降りた気分だ。

ソファの背もたれに置いた拳を握り締め、峠は越えたと安堵する。

「俺の魔剣の特性だよ。離れ牢が生まれると、すぐ分かる」

「…………な、に？」

伸びをしながら軽々しく答えた直後、真月の顔色が一変した。

「貴様……離れ牢そのものを探査できるのか……!?」

足を投げ出していたガラステーブルに勢い良く立ち上がり、俺を見下ろす金色の瞳。

だいぶ今更だが、なんて行儀の悪い女だ。天板にヒビ入ったぞ。

「しかし、どうやって。嫉妬（エンヴィ）以外の魔剣が探査能力を持つなど、聞いたこともない」

――そうなのか？

〈基本はね。でも物事に例外は付き物でしょう？〉

隣に現れ、ひらひらと手を振るジャンヌ。

まあ確かに、そういうこと言い始めたら、お前に至っては悪魔ですらないしな。

その時点で、だいぶイレギュラー。

「一体どこの、どんな性質を備えた悪魔――いや、いやいや、待て待て待て待て」

両手で顔を覆い、しばし独り言を紡いだ後、再び真月がこちらを見る。

忙しい奴だな。

「そもそもの前提がおかしい。貴様、虚の剣を抜いたのは3週間前だと言ったな？」

言ったけど。

「3週間で魔剣を第二段階に引き上げただと？」

引き上げたけど。

「そんなことできる筈がない。普通なら1年か2年だ。私ですら半年かかったんだぞ」

――そうなのか？

〈基本はね。でも物事に例外は付き物でしょう？〉

鎧の隙間に引っ掛かった髪をときながら述べるジャンヌ。

まあ俺の場合、離れ牢の核石（コア）とか聖石を養分に使った、一足飛びの成長だったしな。

つーか、その説明で全部片付ける気かよ。テキトーが過ぎる。


「…………ああ。もういい」

長考と沈黙の末、ひとつ大きく息を吐き、呟く真月。

「質問するほど聞きたいことが増える。疲れた。と言うか飽きた」

取り調べに飽きるな。よしんば飽きたからって切り上げるな。

職務怠慢とかで片付くレベルの話じゃないぞ。

「最後に確認するが、貴様は魔剣士協会に自分の存在を露見させたくないんだな？」

「とりあえず、あと半年は隠し通すつもりだった。結果は、このザマだが」

そう返すと、鷹揚（おうよう）に頷かれた。

「いいだろう。今回の件、貴様の返答次第では上手く取り繕ってやっても構わない」

〔え……ユカリコちゃん……!?〕

スピーカー越しに響く、八田谷田の驚いた声。

当然だろう。自分の組織に対して虚偽の報告を行う、と言ってのけたのだから。

「ヤタがな」

〔しかも私ぃ……!?〕

そりゃバレない不正行為ってのは頭の切れる人間の専売特許みたいなもんだし。

少なくとも真月には無理だと思う。ここまで見てきた言動から察するに。

「虚の剣を協会に納めれば1千万円の報奨金が入る。それも貴様に全額くれてやる」

店長代理が捌いたやつより、だいぶ安い。

ホントあの人、どこに売り付けたんだ。

「その代わり、私たちに個人的な協力をしろ。もちろん、そっちの謝礼も別口で出す」

〔ちょ、ちょっと待ってユカリコちゃん……流石にマズいよぉ……!!〕

どんどん話を進めようとする真月を止めに入る八田谷田。

何かをひっくり返す音が、スピーカーと壁の向こうから一拍ズレて聞こえてきた。

「……ここ最近、奇妙なことばかりだ。特に離れ牢の発生件数は異常に多い」

テーブルを降り、ヒビ割れた天板に手をつき、同じく割れた画面を覗き込む真月。

「コイツは使える。本部に持って行かれるのは惜しい。私たちで囲うべきだ」

〔それは……そう、だけど……ウルハちゃんには、なんて伝えるつもり？〕

「考えておけ」

〔やっぱり私ぃ……〕

しおれていく語尾。

やがて蚊の鳴くような声で、分かった、と返す八田谷田。

テーブルに乗った際、肩から落ちたコートを再び羽織り、真月が俺へと向き直る。

「どうする？」

なんともはや、随分な急展開。

だがしかし、こっちとしても願ったり適ったりな提案。

やっぱ俺って悪運強い男だわ。

「オーケー。高校とバイトの合間で良ければ、なんなりと手伝わせてもらうぜ」

「そうか。では早速だが、ひとつ頼みを聞いてくれ」

焼きそばパン買ってこいとかならお断りだぞ。

パシリになる気はない。

「――私と戦え。さっきの借りを百倍で返してやる」

喚び出した魔剣の切っ尖を、凶暴な笑みと共に突き付けられた。

どうやら先程のこと、しっかり根に持っていたらしい。


「世間では一緒くたに纏められているが、協会内において魔剣士は3種類に区分される」

エレベーターで1階まで降りる。

横の鉄扉に備え付けられた錠前を開け、その先に続いていた階段で、更に下へ。

「自身が宿す悪魔の名前すら知らない、呼べるだけのチカラを持たない『魔剣使い』」

倉庫を思わせる、大きく分厚い引き戸。

鍵は掛かっていないが、身体強化込み（エクストラ）の腕力でなければビクともしないだろう重量。

「チカラが伴わんまま無理に悪魔の名を口にし、精神（こころ）を抉られた『魔剣憑き』」

引き戸を片手で無造作に開け、中に踏み入る真月。

次いで、入り口近くのレバーを引き、照明を点けた。

「悪魔を御し、本来の剣（つるぎ）のカタチを引き出せた者だけが、真に『魔剣士』と称される」

鉄骨と鉄板をコンクリートで塗り固めた、20メートル四方ほどの空間。

その中央に立った真月が、おもむろに振り返る。

「ここなら滅多な騒ぎで壊れることはない。お互い存分に腕と技を振るえる」

あちこちに深々と残る、無数の刀傷。

なるほど。日頃の運動場として設けられた地下室ってワケか。

「……無銘を第二段階へと押し上げるには年単位の時間が要ると、さっき言ったな」

言ってたね。

「だがしかし、それは才ある者に限られた話」

そうなのか。

「能無しは何年かけても魔剣使いのままだ。或いは己を過信し、魔剣憑きに堕ちる」

そうなんだ。

「全国から集められたアスリートや格闘家の中でも、魔剣士へと至れる者は5人に1人」

そこで一旦言葉を区切り、真月は虚空に手を伸ばす。

「酔い痴れろ——酒呑童子」

指先で迸る、蒼い水飛沫。

それを掴み取り、魔剣を引き抜く。

「貴様はその関門を、およそ尋常から外れた道筋で越えたのだろうな」

刃渡りだけでも1メートル半に届く長刀。

確か大太刀とか野太刀とか呼ばれる代物だったか。

「力量を見せてみろ。さあ、抜け」

…………。

「俺はこのままで構わない。人を剣で斬り付けるとか、冗談きついって」

こっちの発言に対し、身構えたまま表情を消す真月。

が、微かに痙攣（けいれん）する目元と引き絞られた瞳孔から察するに、かなりキレてる模様。

「……だいぶ私を舐めているようだが、先刻の不意打ち程度でいい気になるなよ」

別段いい気になってはいない。

ついでに言うなら、正直やる気も全くない。

「協会には『強度序列（きょうどじょれつ）』というものがある。要は強さのランキングだ」

ああ。あったな、そんなの。

協会のホームページに目録が載ってたような。

「私の順位は六位。千人近い魔剣持ち、そのうち200人に及ぶ魔剣士の中で、だ」

どうやら彼女のプライドを、いたく逆撫でしてしまったらしい。

素手を選んだのは、対人戦ならそっちの方が練度が高いって判断も込みだったんだが。

あと、その手の肩書きを自分の口で言うと安っぽく聞こえるから、やめた方がいい。

典型的な噛ませ犬みたいになってるぞ。

「魔剣士の回復力なら容易く繋がる。腕の1本は覚悟しろ」

なんとも物騒な宣言。

そして、俺がリアクションを返す間もなく、真月は一直線に突っ込んで来た。


——以上、回想終わり。

改めてひとつずつ振り返ると、なんて慌ただしい日だ。

離れ牢でのあれこれも含めれば、既に3日くらい動き通してるような錯覚すら覚える。

勘弁願いたい。まだ正午も回ってないってのに。

でもまあ、教室で飛斬（スパーダ）を撃つ寸前に覚悟した展開よりは、遥かにマシな着地点。

一番の懸念だった虚の剣に関するところも、どうにか有耶無耶（うやむや）で片付きそうだし。

やはり後ろ暗い真似は駄目だな。こうやって後々、悩みのタネになる。

品行方正とまでは言わずとも、ある程度はクリーンに生きた方が精神衛生に良い。

閑話休題。

「ぐっ……！」

初手よりも殺気が乗った刃を受け流し、連撃の繋ぎ目を狙い、脇腹に裏拳を見舞う。

体幹のバランスを崩し、たたらを踏む真月。

が、身体能力の基本出力は向こうが大幅に上回るため、ほぼダメージは入らない。

魔剣士の回復力を鑑みれば、痛みも数秒足らずで薄れるだろう。

攻撃の際、拳や膝にリソースを集中させたなら話は別だが、それは躊躇われた。

何せ、第二段階に上がったばかりで細かい力加減が未だ掴みきれていない。

下手に強く打ち込んで大怪我させたら、後味が悪い。


躱し、逸らし、流し、弾き、散発的な拳打蹴撃（けんだしゅうげき）によるカウンターを挟む。

そんな応酬が何度か繰り返された頃合、頭の中にジャンヌの声が響いた。

〈奪い尽くして手早く終わらせればいいのに〉

――そっちも、まだ火加減の調整がイマイチだからな。

〈じゃあまさか、あの女が疲れ果てて動けなくなるまでチャンバラの相手をする気？〉

それこそ、まさかだ。

こんな膠着（こうちゃく）状態、そう長く続きやしないさ。

真月の性格的に。

「……ああ、くそッッ!!」

蹴り飛ばして距離を引き離した真月が、立て続けだった攻め手を止め、地団駄を踏む。

そら来た。分かりやす過ぎて逆に心配になる。

「何故、一撃さえ通らない⁉　擦り傷すら与えられない⁉」

魔剣との融合による精神の沈静化が追い付かないほど強い苛立ち。

踏み付けたコンクリートの床に、大きな亀裂が奔った。

「見れば分かる！　貴様の身体強化の出力は、精々が私の6割程度だ！」

こっちの見立てでも、大体そんな塩梅。

観察力は、そこそこあるらしい。

「力も、速さも、私の方が完全に上回ってる！　なのに！」

「言ったろ。要所要所でリソースを一点集中させて、不足分を補ってるんだよ」

「そんな技術、聞いたこともない！　なんなんだ貴様は！」

怒声を上げつつ、背負うように振りかぶられる長刀。

その刀身へと熱量が収斂し、形ある蒼水へと昇華されていく。

飛斬か。

「……そうリソースを詰め込んだら、撃った後の反動も相当だと思うけどな」

「構わん！　こいつで決めれば、それで済むことだ！」

「確かに」

総量こそ大きいけれど、その割には妙に密度が薄い。

拡散させて放つ気か。

「――――ザアァァァアイッツ!!」

振るわれた一刀と共に、鉄砲水の如く撃ち出される蒼い刃。

予想通り、範囲重視の面攻撃。

ここは閉所。回避は無理。当たり判定が広いため、一点集中での防御も難しい。

まともに受けて立てば、競(せ)り負けるのは出力で劣る俺の方。

とことん力押しだが、ちょっとは考えたな。

とは言え。

「そいつは悪手」

指を鳴らす。

燃え上がった銀色の炎が、蒼い激流を呑み込み――瞬く間に、焼き尽くした。

〈ごちそーさま〉

――お粗末さん。

「ッ……ば、かな……相殺……いや、喰われた……!?」

一刀を振り下ろした体勢のまま、眼前の光景に呆然と目を見開く真月。

少々の間を挟んだ後、糸が切れた人形のように膝をつく。

飛斬（スパーダ）はシンプルゆえに扱いやすく低燃費な魔剣技（アーツ）だが、これほどの出力では流石にな。

「カードの切り方が悪い」

着火した蒼水を根こそぎ奪い、再び指を鳴らし、残り火を払う。

また火加減を間違えた。もう1割くらい弱火で良かったな。

「大技を仕掛けるなら先に隙を作るか、じゃなきゃ出会い頭（がしら）の不意打ちを狙うべきだ」

馬鹿正直に真っ向から繰り出した一撃など、対処して下さいと言っているようなもの。

つまるところ、だ。

「自覚の有無は知らないが、舐めてかかってたのは、むしろそっち側な」

なまじ相手のスペックを見極められる勘の良さを備えるがゆえ、俺を格下と侮（あなど）った。

身体強化（エクストラ）の出力は自分が優っている。力で押し続ければ必ず崩せる。

捌いた剣戟ひとつひとつから、そんな心境が透けて見えた。

もっとも、理屈としては別に間違っちゃいないが。

今回は噛み合わなかったってだけで。

「確かに地力はアンタの方が上だ」

〈今はね〉

そう言葉尻へと添えて強調するジャンヌ。

俺以外には聞こえないっての。

「素早い身のこなし、重く鋭い太刀筋。各能力を数値化すれば、大半は俺を上回る筈」

ポケットに手を突っ込み、ゆっくりと真月に歩み寄る。

「けど直情的すぎる。パターンが単調で、視線や予備動作からも動きを先読みしやすい」

立ち上がろうと力む彼女の肩を押し、仰向けに倒す。

手から滑り落ちた長刀が、傷だらけの床を転がった。

「天使相手なら兎も角、対人戦でソレは致命的。だから六位止まりなんだよ、きっとな」

真月の胴を跨いで立ち、真上から見下ろす。

「それで、どうする？　まだやる――」

「当たり前だ！　そこをどけ！」

食い気味に返された。人の話は最後まで聞け。

「……さっきので、俺の炎がどんな性質を持ってるかくらい分かった筈だ」

名誉も、名声も、尊厳も、命すらも。

火刑に処され、全てを奪われた女が持つに相応しいチカラ。

「アンタが飛斬（スパーダ）以外の魔剣技（アーツ）も使って、ガチでやろうってんなら」

掌上に、銀の火球を灯す。

「俺も聖炎（コイツ）で応じざるを得なくなる」

そこまで行くと、もう遊びや冗談の域では済まない。

「お互い人殺しにはなりたくないだろ？　ここらで手打ちってことにしないか？」

長い沈黙。

唇を噛み締め、俺を睨む真月。

「……………………いい、だろう。今日は、このくらいにしておいてやる」

喉を擦り潰すような口舌（こうぜつ）と共に、縦へと振られる首。

良かった良かった。これにて無事、一件落着。

〈余計に禍根（かこん）を作っただけじゃないかしら〉

それならそれで、明日の俺がなんとかしてくれる。

頑張れ明日の俺。

…………………………。

…………………。

………。

「くそったれがァッ!!」

ジンヤを帰らせた後、ユカリコは地下室に残り、激昂のまま暴れていた。

「よくも！　私を！　コケにしてくれたな！」

刃筋も立てず、力任せに叩き付けられる切っ尖。

その都度、壁や床が深々と抉れ、怒気の強さを形に残す。

「ちょっとイイ男だったから甘い顔をすれば！　調子に乗って！」

なおジンヤ本人に言わせれば、甘い顔をされた記憶も調子に乗った覚えもない。

もっとも、彼も彼でユカリコとの接し方が完璧であったとは評し難いが。

「ああムカつく！　見た目が割と好みなせいで余計ムカつく！」

息を切らせ、髪を振り乱し、喚き散らし、また一刀。

細かく砕けたコンクリートの破片が、八方へと飛び散る。

懐のスマホが飾り気のない着信音を響かせたのは、その直後。

「チィ……なんだ!?　取り込み中だぞ!!」

〔ひっ……あ、あの……お昼ご飯、何がいいかなって……〕

かけてきた相手はヤタ。

ヒビだらけの画面を検めれば、そろそろ正午。

「知るか！　ピザでもハンバーガーでも好きに配達させろ！」

〔……え……いい、の？　一昨日、食べたばっかりなのに……？〕

不摂生な性分のヤタは、それを良く思わないユカリコの管理下で食生活を送っている。

特にジャンクフード全般は厳しく制限されており、滅多に食べさせてもらえないのだ。

「構わん！　コーラとメロンソーダのチャンポンも許す！」

〔わあっ……え、えへへ……じゃあ、ユカリコちゃんの分も、注文しておくねっ……〕

弾んだ声音で切られる通話。

一方のユカリコも、第三者という緩衝材が入ったことで少しだけ落ち着きを取り戻す。

「……アイツ……胡蝶ジンヤ、だったか」

冷静になり始めた思考へと差し込む、ひとつの疑問。

「あの男……何故、魔剣を抜かずに魔剣技（アーツ）が使えるんだ？」

魔剣技（アーツ）とは読んで字の如く、魔剣を媒介とする技。

鞘（じぶん）に剣を収めたまま発動させせられた例など、少なくともユカリコは聞いたことがない。

「それに、身体強化（エクストラ）の一点集中だと？」

双方共に全くの未知。

憤怒（ラース）でありながら探査能力を持つ特異性といい、明らかに尋常とは異なる魔剣士。

「……奴の抱える独自の技術を吸収すれば、私は」

僅か3週間で魔剣を第二段階へと押し上げ、あれだけの強さを得るに至った方法。

ユカリコが特に知りたいのは、そこだった。

「運が向いてきたかもな」

脳裏に浮かぶ、強度序列で自分よりも上位に立つ5人の顔ぶれ。

その全てを蹴落とせるかもしれないと、ほくそ笑む。

「ふ、くくっ…………と言うか誰が六位止まりだ！　半年前まで五位だったんだぞ！」

かと思いきや、怒りが再燃したらしく、またも暴れ始める。

なんとも忙しい限りであった。

5章　魔剣侵蝕

毎日午後9時か10時には床につき、毎日8時間眠るのが俺の基本的ルーティン。

睡眠時間イコール生活の質だからな。徹夜なんかする奴の気が知れない。

「ただいま」

今日は早朝シフトが入っているため5時起き。

台所で朝と昼の支度をしていたら、良いタイミングで姉貴が帰って来た。

「おかえり。夜勤お疲れ」

「ん」

「ちょうど風呂沸いたから入ってきなよ。着替えはいつものとこな」

「んー」

欠伸を噛み殺しつつ、重たげな足取りで脱衣所に向かう姉貴。

安さだけが取り柄の市営ボロアパートだが、風呂トイレ別なのは助かってる。

ユニットバスは掃除こそラクだが、個人的にキツい。

〈……相変わらず愛想のない女ねぇ。あれで本当に看護師なんか務まってるの？〉

背後に現れ、怪訝そうに呟くジャンヌ。

あー、と開けられた口にひとつ卵焼きを放り込み、残りを皿に盛った。

「さあな。ま、今は金ならあるんだ。嫌になったら辞めればいいさ」

俺と姉貴――胡蝶キリカに両親は居ない。

4年前、交通事故で亡くなった。

頼れる親族などのアテもなかったため、以降こうして二人暮らしの身。

事故当時まだ短大生であった姉貴には、随分と苦労をかけた。

当の姉貴の反対を押し切ってでも施設に入るべきだったのではと、今でも時々思う。

ただ同時に、俺だって唯一残った肉親と離れがたかったのも事実。

だからこそ、危ない橋を渡ってでも虚の剣を金に換えたってのに。

表向きは宝くじの当選金というあぶく銭にもかかわらず、一銭だって受け取りゃしない。

「姉貴は少しくらい、自分に金を使うべきだ」

服とか化粧品とか小物とかな。

俺もあと半年で独り立ちする予定なんだし、多少贅沢したってバチは当たるまいに。

こうなったら店長代理にオススメとか聞いて、一式買い揃えて直接渡そうかな。

現物なら受け取ってくれるかもしれん。俺が持ってても仕方ないし。

「あとは温泉旅行とか、高いレストランとか……いろいろ調べとくか」
好きなように着飾って、ハイスペ男をつかまえて、結婚して、子供に囲まれて。
せっかく美人に生まれたんだ。そのくらいには報われていい筈。
正直言って、俺は他人の幸せにも、自分自身の幸せにも、さほどの興味はない。
だが姉貴は、姉貴にだけは、幸福に満ちた人生を送ってほしいと願っている。
この世でたった一人の、家族なのだから。

〈あーもー、なんで服を脱ぎ散らかしてるのよ。洗濯機に放り込むだけでしょうが〉
出来上がった朝食をテーブルに並べていたら、脱衣所からジャンヌの愚痴。
姉貴、ちょっとズボラなところがあるんだよな。
あると言うか、年々生活力が落ちてると言うか……何故だろう。
まあ家事全般は俺がこなしてるから、今のところ問題ないんだが。
〈ったく……あら？　ねージンヤ、キリカが湯船の中で寝落ちしてるけどー？〉
ダッシュで助けに行った。
仮にも看護師が風呂場で溺(おぼ)れて病院搬送とか、笑い話にもならない。

風呂場から姉貴を引っ張り上げ、軽い看病と併せて寝かし付けた後、家を出る。

「寿命が縮むかと思った……」

なんでも夜勤中、忙しくて仮眠が取れず、眠気が限界だったとか。

仕事明けの疲労抜きにと、ぬるめの湯を張っておいたのがトドメとなった模様。

「ありがとうジャンヌ。お陰で大事にならず済んだ」

〈くふっ。人騒がせなオネーサンねぇ？〉

「まったくな」

ただでさえ俺と同じ朝型体質で、夜間の活動には不向きだというのに。

やはり日勤だけのシフトに切り替えさせるべきだな。

手当が減るからと渋るかもだが、今は十二分に金がある。

第一、多少姉貴の給料が減ったところで、何の問題もなく暮らせるのだ。

生活費とは別の口座にコソコソ貯金するため、夜勤を入れてたのは知ってる。

どうせ俺の進学費用のためだろう。そもそも大学には行かないと何度も言ってるのに。

「……チッ」

いい加減、少しくらい自分中心で生きろよ。

ホストに貢(みつ)ぐ地雷女と変わんねーぞ、馬鹿姉貴め。

「――というワケで、３本目の売却依頼は取り消しでお願いします」

行きがけに今朝の予定だった空き地の除草を済ませ、店へと通勤。

着火対象を自由に選べる聖炎が便利すぎて、一瞬だった。

「そーか……ま、しゃーねー」

ひと通り先日の出来事を話し、預けてある虚の剣の返却を求める。

店長代理は特に嫌な顔を見せる様子もなく、すんなり了承してくれた。

「バレずに手に入ったら、また持って来いよ。いつでも引き取るぜ？」

「……あー、あの……本当に、大丈夫なんですよね……？　ほら、法律とか」

「アッハハハハ！　へーきへーき、心配すんな！　アタシたちは捕まらねーから！」

つまり他の関係者は捕まる恐れがあるのか。

いや、深くは問うまい。寝付きが悪くなる。

「にしても、ユカリコの奴は相変わらずみてーだな」

離煙パイプを指先で弄びながら、懐かしむように呟く店長代理。

彼女の髪をすいていた手を止め、尋ねる。

「真月と知り合いなんですか？」

「同じ高校の後輩だった。もっともアイツは入学半年で退学食らってたけどよ」

つまり中卒なのか。道理で。

いや、アレを基準に据えるのは他の中卒に失礼だ。

「後でアイツの恥ずかしい秘密とか教えてやる。黙らせたい時に使え」

そいつは非常に有難い。

にしても、世間ってのは案外と狭いんだな。


「そーいや、お前なんで今朝は制服じゃねーんだ？」

とかした髪を満足げに触っていた店長代理が、ふと俺を振り返って首を傾げる。

やはり、つげ櫛を使うと艶が違う。

「離れ牢の件で、1週間ほど休校になったんですよ」

魔剣士協会による生徒への事情聴取なども、この間に順次行われるらしい。

俺のことは上手く誤魔化すと真月は言っていたが、本当に大丈夫なんだろうな。

「……じゃあ、今日ヒマなのか？」

「ええ、まあ」

姉貴も一日中寝てるだろうし。

「なるほど。ちょうどいい、アタシも空いてるんだ」

書類が積み上がった机の上を見回し、何か探し始める店長代理。

「実は最近クルマ買い換えたんだが、まだ近くまでしか走らせてなくてよ」

そう言えばガレージに新車が停まってたな。

ラメ入りパープルの派手なスポーツカー。

「依頼のキャンセル料代わりに、ドライブに付き合わねーか？」

じゃら、と引っ張り出された真新しいキーレスキー。

特に断る理由もなかったため、頷いて返す。

「構いませんよ。是非、乗せて下さい」

「よし決まり。どっか行きたいとこがあれば、時速３００キロで連れてってやるぜ？」

くれぐれも法定速度は守って下さい。

しかし、行きたいところか。急に言われてもな。

………。

ああ、そうだ。あそこがいい。ドライブにも手頃な距離だし。

「じゃあ――『天獄街（てんごくがい）』まで、お願いします」

出発前のセリフに反して、意外にも店長代理の運転は穏当かつ快適だった。

いかにもな外観だからか、ほとんどの対向車も道を譲ってくれるし。

「そうだ。ソレ使えよ」

電動らしく、独りでに開かれるグローブボックス。

中にはサングラスが入っていた。

「目を隠すにはちょうどいいだろ」

魔剣が第二段階へと至った影響で、俺の瞳は常に金色を帯びるようになった。

見る者が見れば一発で魔剣士だとバレるであろう、あからさま過ぎる特徴。

「一応、元と同じ色のカラコン着けてみたんですけど、やっぱり不自然ですか?」

「微妙に透けてる。日陰だと気付かれちまうかもな」

バックミラーに映る自分と視線を重ねると、確かに瞳の端で光がチラついていた。

よっぽど注視されない限り大丈夫だとは思うが、念には念を入れておくべきか。

「お借りします。ちょうど良かった。どうもコンタクトって馴染まなくて」

一旦カラコンを外し、何度か瞬きを繰り返す。

再びバックミラーを見やると、目の色ひとつで、だいぶ印象の変わった顔。

「……やっぱり違和感が凄い」

「アタシは好きだけどな」

そう言って店長代理が、横から俺の頬を撫でる。

「前から思ってたんだ。お前は瞳を明るい色にした方が映えるって」

「ですか」

「ですとも」

まあ、どのみち当分はカラコンで誤魔化すけども。

特に姉貴には、まだ魔剣士だってバレたくないし。


途中、高速道路での移動も挟み、およそ1時間の道程。

駐車場に降り立ち、軽く手足を伸ばす。

「良い車ですね。車内は静かだし、揺れないし」

「気に入ったんなら、帰りは運転させてやるよ」

免許とりたてでスポーツカーは、ちょっとハードル高い。

つーかラメ入りパープルの車体に初心者マーク掲げるとか、ほぼ罰ゲーム。

と、それはさておき。

「……ここが天獄街、か」

「なんだ、来たことねーのか？」

「あまり興味もなかったので。観光地ってワケでもないですし」

10年前の天獄出現によって崩壊した当時の日本の最高峰、その跡地の一角に作られた街。

魔剣士協会の本部も、ここに据えられている。

「近くで見ると、やっぱり大きいですね」

「直径数キロはあるらしいからな」

地元だと青く霞んで見えた、白亜の巨塔。

山ひとつ砕くに足る質量と威容を備えた、まさしく文字通りの摩天楼。

「ン」

ふと、塔の外周の一部に沿って築かれた細長い人工物に目を引かれた。

「あれが軌道エレベーター」

「実際の構造は少しっつーか、だいぶエレベーターとはかけ離れてるけどな」

「そうなんですか？」

「耳聞こえが良いからそう呼ばれてるってだけだ」

材質不明、詳細不明の塔を支柱とした、宇宙まで伸びる架け橋。

よくよく考えれば胡散臭さ極まれりだが、計算上の安全は保証されているらしい。

「来年には一般公開される予定なんですよね」

「席の予約は3年先まで埋まってるけどな」

調べたから知ってる。

一度は宇宙に行ってみたいと考える人間は、思いの外(ほか)に多い模様。

「……チケットが欲しいなら、オープン当日のを取ってやれるぞ？　一緒に行くか？」

できれば姉貴の分も頼めませんか、と言ったら微妙な顔をされた。

相当なプレミア物だろうし、そいつを2人分は流石に難しかったかな。

「コブ付き……まあ、いいか。突っ立ってても仕方ねーし、どっか入ろうぜ。喉渇いた」

近くにあったチェーン店のカフェを指差される。

「あとアレだ。今日はオフなんだから店長代理はナシな」

「ですか」

「ですとも」

吉田さん、と声に出してみたところ、またも微妙な顔。

リオさんと呼ぶことにした。


「一度近くで天獄を見ておきたかったのが、まず半分ですかね」

店長代理――リオさんと2人でコーヒーを飲みながら、天獄街に来た目的を話す。
「遅かれ早かれ、あそこには足を運ぶ羽目になる筈ですから」
〈あーん〉
小さく切ったケーキを、ジャンヌの口に運ぶ。
傍目には急に消えたように映っている筈だけれど、それに誰かが気付いた様子はない。
すぐ目の前で見ている筈のリオさんすら、全くの無反応。
もしかすると、姿だけに留まらず、その行動も周囲には認識できないのかもしれない。
だとしたら、少し頭を働かせれば相当に使えそうだ。
ジャンヌ単体で、どの程度の行為まで可能なのか。要検証だな。
閑話休題。
「正直、全く気は進みませんけどね」
天獄の財宝にも、天使を喰らって強くなることにも、取り立てて興味はない。
あ、いや。若さを保てる霊薬とやらには、少しだけあるかな。
姉貴にあげれば喜ぶかもだし。
「……アタシとしちゃ、高校を出たら、そのままウチに勤めてほしかったんだけどな」
ふと窓の向こうに視線を投げ、小さな溜息混じりに呟くリオさん。

「お前は仕事が丁寧で、客の評判も良い。ついでに料理も美味けりゃ家事も得意ときた」

働き詰めの姉貴に代わって覚えたに過ぎない。

が、褒められて悪い気はしない。

「アタシに毎朝フレンチトーストを作ってもらいたいくらいだ」

「好物なのは知ってますけど、それは流石に飽きませんか？」

そう返すと、リオさんは何やら意味深長に微笑み、残りのコーヒーを飲み干した。


「――もう半分は、ここの空気を直に肌で感じたかったんです」

カフェを出て、真新しい建物ばかりの街中を歩く。

まあ一番古いものでも築5年程度なのだから、当然と言えば当然だろう。

「魔剣士協会の悪評は聞き及んでいますが、やはり自分の目でも確かめておきたくて」

ネットや伝聞での情報など、どこまでアテになるか分かったものではない。

だからこそ、魔剣士たちの居住区が設けられた天獄街を訪れた次第。

「先入観で何もかも決め付けるのは良くないですからね」

ほら、もしかしたら噂とは正反対のホワイトな組織の可能性だって捨て切れない――

〈ねージンヤ。ほら、そこの建物の影。すごい量の血痕がこびりついてるわよ〉

──気にするな。きっとケチャップだ。

微かに鼻腔を突く鉄臭さを無視し、足早に通り過ぎる。

大丈夫大丈夫。希望を捨てるには、まだ早い。

「ッアァ!?　上等だテメェ、ブッ殺してやる!!」

「そりゃこっちのセリフだ！　生きて帰れると──」

後ろで響いた怒声と、金属同士が激しく衝突するような音。

まあまあまあまあ。ストレス社会を生きる現代人なら多少の喧嘩くらいやるだろ普通。

………………。

などと現実逃避に耽り、早くもここに来たことを後悔し始めていた頃合い。

「──やめろ！　その人から手を離せ！」

聞き覚えのある、具体的には高校の教室あたりで毎日のように聞いている声が。

凛と、鳴り渡った。

耳を頼りに声の出所へと駆け付けてみれば、そこに居たのは予想通りの顔。

「なんだぁ、てめぇ……どきやがれ！」

「断る！　そっちこそ頭を冷やせ！」

うずくまった中年男性を背に庇って立ち、目の前の大男を睨み付ける伊澄の姿。

互いの間で漂う一触即発の空気に、思わず舌打ちした。

「知り合いか？」

「ええ、まあ」

どうしてアイツが天獄街に。

いや待て、そうだ。昨日の離れ牢での一件か。

「そのジジイは俺にぶつかっといて詫びも入れずシカトこうとしたんだよ！」

「だからって、いくらなんでも度が過ぎてる！　下手したら死んでたぞ⁉」

「知ったことか！　たかが人間1匹だ！」

魔剣を手にした報告やら何やらで協会本部を訪れるべく、足を運んでいたのだろう。

そして早々、厄介ごとに首を突っ込んだ、と。

——お節介焼きめ。

「でくの坊の方は、ありゃ魔剣憑きだな」

懐の離煙パイプを取り出しながら、リオさんが呟く。

「目を見てみろ。完全にイッちまってる」

大男の瞳は、俺と同じ金色。

けれども、それを縁取る強膜——本来は白目と呼ばれる筈の部位が、黒く変質していた。

あれが、魔剣憑き。

「てめぇの悪魔を制することができなかった魔剣士の成れの果てだ」

〈同調率が低いと、大概ああなるのよね〉

聞き知らぬ単語に疑問符が浮かびかけるも、とりあえず今は捨て置く。

口論に膿んだらしい大男が、魔剣を抜いたからだ。

しかも蒼い炎のエフェクト。

俺と同じ憤怒（ラース）かよ。なんか嫌だわ。

「なっ……こんな街中で、正気か⁉」

「うるせえ！　ガキが俺に指図しやがって……！」

焦点の外れた、血走った双眸（そうぼう）。

本人に代わって伊澄の問いに答えるなら、明らかにマトモではない様相。

「……魔剣士は自制心に欠ける傾向が強い。中でも魔剣憑きは特に情緒不安定だとか」

〈ま、ソリの合わない同士が混ざったら、ねぇ？〉

俺にしか聞こえていない相槌（あいづち）を打ち、姿を消すジャンヌ。

ポケットに突っ込んでいた両手を、ゆっくりと引き抜く。

「これ、壊したら悪いんで」

サングラスを外し、リオさんに手渡す。

「割って入る気か？　あんまりオススメしねーぞ」

「見て見ぬフリは後味が悪いんで」

「そーか。好きにしろ、アタシは束縛しない女だ」

応戦の構えを取る伊澄だが、虚の剣を抜いたばかりのアイツには荷が重かろう。

もっとも、そんなことくらい重々承知の上での行動だと思うが。

どうせ最悪、後ろのオッサンが逃げられるまでの時間が稼げればいいとか考えてる筈。

本当に、他人を助けるために自分が割を食ってちゃ世話ないっての。

「けど流石に素顔はマズくね？　どこに誰の目があるか分かんねーし」

そう言ってリオさんが差し出してきたのは、厚手の紙袋。

躊躇がなかったと言えば嘘になるが、背に腹は代えられない。

適当に穴を開けてソレを被った後、左足に身体強化を集中させ、勢い良く踏み出す。

一瞬でゼロとなる、10メートル近かった間合い。

振り下ろされる一刀の太刀筋へと割り込み、今度は右腕にチカラのリソースを集める。

そして——薄汚れた無銘の刃を、掴み取った。

――なるほど。

片手での白刃取り。刀身を掴む指先に伝わる手応えから、魔剣憑きの特質を理解する。

併せて、肩越しに後ろを振り返った。

「そのオッサンを連れて、さっさと行け」

「え……あ、まさか、胡ちょ――すまん！　恩に着る！」

声で俺の正体に行き着くも、同時に紙袋で顔を隠す意図も察してくれたらしい。

名を呼びかけた途中で口をつぐみ、オッサンを担ぎ、伊澄は素早く走り去って行った。

「ぐっ……待てやゴルァ！」

当然、それを追おうと怒声を上げる大男。

けれども魔剣から俺の指を引き剥がせず、この場を動けない。

やがて苛立ちを露わ、睨み付けてきた。

「今度はなんだぁ!?　ハロウィンにしちゃ、随分気が早いじゃねぇかよ！」

「こんな適当すぎるコスプレがあってたまるか」

目先の標的が俺に移ったと確信し、手を離す。

たたらを踏み、尻餅(しりもち)をつきかけた大男は、一層と凶暴に顔を歪ませた。

「ふざけた野郎だ……どいつもこいつも、俺をムカつかせやがって……!!」

怒気に呼応したのか、体表を覆う蒼いモヤが大きく揺らめく。

そう言えば、このモヤにも固有の名称があった筈だが、なんて言われてたっけか。

後で調べとこ。

〈ジンヤ。魔剣憑きは魔剣技（アーツ）が使えなくなってる分、身体強化（エクストラ）の性能は高いわよ〉

——ああ。分かってる。

今し方に受け止めた一撃は、明らかに第一段階——無銘の域（レギオン）を超えた膂力だった。

基本出力そのものは、俺と比べても大差ないほど。

もっとも、俺は第二段階へと至った魔剣士の中では、割と非力な筈だが。

真月と一戦交えた後に気付いたのだけれど、俺の身体強化（エクストラ）は少しばかり特異だ。

具体的に何が特異かと言えば、デフォルトでのリソース配分。

筋肉や骨格よりも、脳髄及び全身の神経網を重視する形で振り分けられているのだ。

魔剣と融合して以降やたらに頭が回るのは、そのため。

反響定位（エコーロケーション）が使えるほど鋭い感覚も、短期間で魔剣躰術を編み出せたのも、同様の理由。

要は思考速度や反応速度なんかの運動神経（センス）に特化したタイプだったということ。

それゆえ純粋なフィジカル面では多少劣るが、そこは適宜適材適所への集中で補える。

実際——今この瞬間も、完全に俺がイニシアチブを握っていた。

「シッ！」

「がっ……!?」

身体能力に対する強化幅は、こっちが少し勝る程度。

元の体格差を鑑みれば、ほぼトントン。

「フッ！」

「ご、ぉっ」

にもかかわらず、大男は魔剣すら抜いていない俺に手も足も出ない始末。

銃弾も見切れるであろう反応速度と動体視力による初動の差。

体感時間が引き伸ばされるほどの思考速度を活かした、挙動そのものの精密性の差。

これにより、肉体面では倍近いスペックだった真月さえ近接戦で手玉に取れたのだ。

同等の輩など、相手にもならない道理。

「……はぁっ」

最後に顎を叩いて脳を揺らし、白目ならぬ黒目を剥いて仰向けに倒れる大男。

蹴り足を戻した俺は、踵に残った肉を打つ嫌な感触に、紙袋の中で溜息を吐く。

やはりと言うか、暴力は好きになれないな。

気分が沈む。

大男を人目につきにくい裏道へと運び、その場を離れる。

完全に昏倒させてしまったが、魔剣士のタフネスと回復力なら恐らく大丈夫だろう。

「やるじゃねーかジンヤ。一応備えといたが、コイツの出番はなかったな」

そう言って、缶ジュース大の筒をポンポンと弄ぶリオさん。

ピンやレバーがゴテゴテと付いた物々しいフォルムに、思わず二度見した。

「なんですかソレ」

「ただの閃光手榴弾。護身用だ」

果たして閃光手榴弾を護身用の枠組みに収めていいのだろうか。

銃刀法とかに引っ掛からないか、不安でならない。

「何故そんな物を……」

「銃もテーザーも、なんならミサイルだの毒ガスだのも、魔剣士には効かねーからな」

なるほど。確かに身体強化発動中、俺たちに通常の物理攻撃は届かない。

だから一番有効そうな音と光で、か。

用意周到すぎて、ちょっと怖い。

しかし、真月といい、さっきの大男といい、今のところロクな奴と出くわさないな。

ああいう連中が標準なのだとしたら、魔剣士協会ってのは噂よりひどい組織かもしれん。

〈自分勝手で攻撃的なタイプが多いのは、確かでしょうね〉

考え込んでいたら、俺にしか見えない半透明な姿で、ジャンヌが隣に現れる。

〈だって魔剣士は、虚の剣に宿る悪魔と心身が融け合わさった存在だもの〉

肉体はもちろん、精神にも大なり小なり変化が生じるのは、至極当然のこと。

俺にしか聞こえない声で、そう言葉が続く。

〈実際、貴方が一切の恐怖を抱かずに天使と対峙できるのも、私と混ざったからこそよ〉

お前を悪魔の括りに含んでいいのかは、かなり微妙な線だと思うけどな。

〈魔剣を得るということは、かつての自分を捨てるという行為に等しいわ〉

その末路が力に溺れたエゴイストじゃあ、ちょっと割に合わない気がする。

……俺もいずれ、ああなってしまうのだろうか。

〈ふふっ。そんなに心配しなくたって大丈夫よ〉

しゅるしゅると、ジャンヌの手を覆うガントレットが、生糸のように解(ほど)けていく。

露わになった指先で、そっと首筋を撫でられた。

〈攻撃性は反発から生まれる衝動。合わない歯車を噛ませれば、ひどく軋むでしょう?〉

さっきも言ってた同調率とやらだな。

字面から察するに、宿した悪魔との相性とか、そんな感じか。
〈少なくとも、私は貴方が好きよ。恋人みたいに扱ってくれるもの〉
それに、と間が挟まれる。
〈魔剣士がそうであるように、魔剣の悪魔も宿主からの影響を少なからず受けるわ〉
胸元の焼け焦げた十字架を握り締め、微笑むジャンヌ。
〈貴方の穏やかな心と、無益な殺生を好まない在り方は、私の憎悪を鎮めてくれる〉
だから、と再び間が挟まれた。
〈——貴方が貴方でいてくれる限り、私も今の私としてあり続けられる〉
その言葉を最後に、ジャンヌは俺の内へと戻っていく。
魔剣との共生ってやつは、けっこう複雑らしい。
…………。
俺が俺でいる限り、か。正直よく分からん。
哲学？

初見時は開け方が分からなかったシザーズドアをくぐり、助手席に乗り込む。
ヘンに車高が低いせいで、注意しないと頭ぶつけそうになるんだよな。

「すいません、リオさん。せっかく連れて来てくれたのに」

「気にすんな。どのみち長居するトコでもねーし、そもそもドライブに誘ったのはアタシだ」

魔剣士相手の乱闘騒ぎ。

近くに人気はなく、顔も隠していたとは言え、どこでボロが出るかなど分からない。

加えて、下手に街中を歩き回り、別の面倒に巻き込まれても厄介。

ゆえに俺たちは、早々に天獄街から引き揚げることにした。

……まさか、あそこまで治安の悪い場所だったとは。

そりゃリオさんだって、懐に閃光手榴弾くらい忍ばせる。

「てか、まだ10時前かよ。ここまで来たついでだ、富士吉田の遊園地に行かねーか？」

「え……と、ええ、はい。お付き合いします」

テーマパークとか行くんだ、この人。

ちょっと、いや、かなり意外。

「遊園地なんて小学生以来ですよ」

「アタシは依頼人に商品を受け渡す時、よく使う」

なるほど納得。

怪しげな取引の現場は、遊園地と相場が決まってるし。

「――じゃあ、あのオッサンは大丈夫そうなんだな？」
〔ああ。だいぶひどくやられてたみたいだが、命に別状はないって〕
上機嫌な鼻歌交じり、高速道路を走らせるリオさん。
その隣で俺は、何故かこっちの番号を知っていた伊澄から連絡を受け、通話中。
〔警察にも報せた。ああ、もちろん胡蝶のことは伏せてある。安心してくれ〕
聞けば、昨日のうちに八田谷田からコンタクトを受け、ある程度の事情を聞いた模様。
まあ俺のことを隠蔽（いんぺい）するなら、真っ先に押さえるべきはコイツだろうし。
〔けど……相手が魔剣士って伝えたら、途端（とたん）に渋い顔をされてな〕
電話口の向こうで鳴る、小さな歯軋りの音。
なんでも魔剣士絡みの事件は、大半が不起訴で終わるらしい。
政府からの露骨な優遇。
嘘か本当か、場合によっては殺人すら揉み消されるとか。
〔くそっ……！　許されていいのかよ、こんな……！〕
病院に居るためか、声量を抑えての憤慨。
しばらく黙り、落ち着くのを待つ。

やがて響いたのは、深い溜息。
次いで伊澄は、どこか改まった様子で切り出してくる。
〔……なあ、胡蝶。ひとつ頼みがあるんだ〕
静かだが強い語調。
一体、何を頼むつもりなのかと、続きを促す。
〔俺、しばらく協会とのやり取りで忙しくなりそうだけど、休校明けには片付くと思う〕
そんな前置きを経て請われた内容は、少しばかり意外なものだった。
〔それ以降の、時間がある時でいい〕
〔もし良かったら——魔剣士の戦い方を、俺に教えてくれないか〕

◆◇◆◇◆

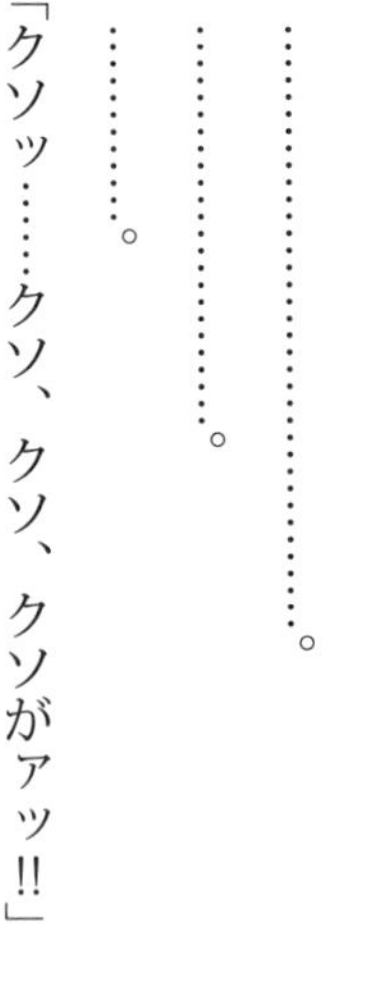

…………………………。
………………。
…………。
「クソッ……クソ、クソ、クソがァッ!!」

誰も居ない裏通りで目覚めた男は、はらわたが煮えくり返るような思いだった。

「ふざけやがって……よくも、よくもッ！」

脳裏にこびりつく、意識を刈り取られる間際の記憶。

紙袋を被った妙な奴に素手であしらわれたという、屈辱に満ちた出来事。

「この俺を、誰だと思ってやがる……！」

男は協会内でもそれなりに腕利きだった。

強度序列は二百番台前半。真性の魔剣士たちを除けば、概ねトップ層という立ち位置。

ゆえにこそ相応の自尊心を抱えていた。それを、あまりにも無造作に踏み付けられた。

「許さねぇ……必ず探し出して、叩きのめしてやる‼」

壁に拳を叩き付け、必ず雪辱（せつじょく）を晴らすと男は誓う。

だが。その誓いが果たされる機会は、永遠に訪れなかった。


独特な風切り音が、甲高く鳴り渡る。

「あがっ……⁉」

小さなランプだけが光源の、薄暗いバー。

その床に、ごろりと転がる肉の塊。

併せて、男の肩口から噴き出した鮮血が、周りを赤く染めていく。

「ぎ、い、ひぃぃぃぃぃッ!? お、俺、俺の腕がぁぁぁぁッ!!」

「……ナア。悪いんだが、もういっぺん言ってくれねぇもんカナ」

細長い構造の店内。

奥のカウンター席に座っていた人影が、腰掛けたまま振り返る。

「どこの誰とも分からねぇ輩にノされた挙句、ソイツを探し出すのに手を貸せダト?」

目深にフードを被り、厚手の上着で隠れた輪郭。

声も金属製のハーフマスクを通した、篭りがちで性別すら曖昧な音色。

「多少は使えるかと思ったが、所詮は魔剣憑き止まりの三下カ。協会の面汚しメ」

「ま、待て、待っ――」

欠片ほどの躊躇もなく、再び薄闇を奔る一閃。

引きつった表情で口を開いた男の頭が、弧を描くように飛んだ。

「天獄に運んでオケ。書類の方も、いつも通りにナ」

「はい」

そう命じられた部下は、慣れたものとばかり顔色ひとつ変えず、淡々と処分を始める。

少し間を挟み、頭と右腕を欠いた亡骸の腹を突き破るように、虚の剣が飛び出した。

「まったく、役立たずばかりで嫌にナル」

再封印によって表面が白く塗り固められた刀身を見下ろし、溢(こぼ)される溜息。

「……まあ、いいカ。また予備役の中から、マシそうなのを見繕ってオケ」

「はい」

数十秒と待たず、元通り片付く室内。

「適当で構わないゾ。使えなければ、また始末すればイイ」

最後に血痕を拭き取った雑巾(ぞうきん)が、ゴミ箱へと放り投げられる。

「魔剣士になりたい奴なんて、掃いて捨てるほど居るんだからナ」

6章　魔剣教導

〔今すぐ来い〕

真月から唐突にそんな連絡が入ったのは、例の提案を受けて10日ほど経った頃のこと。

あの女、やはり社会人として備えるべき諸々が欠けているとしか思えない。

とは言え、こちとら一種の弱みを握られてるようなもの。

それに一応は協力関係ってやつを結んだワケだし、少しくらいは働かないとな。


「遅い！」

魔剣士協会第五支部に着いて早々、ビルの前で仁王立ちしてた真月に一喝される。

これでも割かし急いだ方なんだが。

「そいつは申し訳ない。なかなかタクシーが捕まらなくてな」

「なら走ってこい！　足を使え、足を！」

ブラック企業の営業部長みたいなこと言うじゃん。

まあ実際、魔剣士のスピードと小回りの良さなら車より速いのは確かだけど。

「チッ……ほら、寄越せ！」

イライラしつつ、タクシーの領収書をぶん取る真月。

次いで自分の財布を出し、ギッチリ詰まった万札を1枚抜き取り、俺に押し付けた。

「帰りの分も合わせれば大体そのくらいだろう。足りなかったら次来た時に言え」

また今日みたく呼び出されるのは確定ですか。

こっちにも都合があるんだから、ちゃんと事前確認を挟んでほしい。

報連相（ほうれんそう）は大事。

「そら来い！　時間は有限なんだ、ぐずぐずするな！」

財布を仕舞った真月は、そのまま踵を返し、足早にビルへと入って行く。

時間が有限であることは賛同するけれど、そう不必要に急ぐものでもないだろうに。

〈せっかちね〉

——まったくだ。


てっきり4階の事務所に行くものと思いきや、真月が向かった先は地下の運動場。

分厚い引き戸を軽々と開け、点される照明。

相変わらず、だだっ広いばかりの殺風景な空間。

が、何故か前に来た時よりも随分と綺麗になっていた。

「コンクリを打ち直したのか？」

「ちょうど定期メンテナンスと重なってな。そのせいで今日まで使えなかった」

なるほど。だから10日も音沙汰なしだったのか。

しかし、それなら尚のこと、あらかじめのアポイントメントを入れてくれ。

「で？　強度序列六位止まりの真月さんは、性懲り（しょうこ）りもなく俺に挑む気か？」

「誰が六位止まりだ、失敬な！　元々は五位だったんだぞ！」

つまり誰かに抜かれてるのか。余計ひどいな。

本人気付いてないみたいだけど。

「ツ……貴様をボコボコにしてやりたいのは確かだが、少なくとも今日は別件だ」

虚空に蒼い水飛沫を迸らせ、自身の魔剣である長刀を抜く真月。

「貴様の持つ技術（わざ）を教えろ。私が魔剣士の頂点へと立つためにな」

「はあ」

およそ人にものを教わる態度じゃないのは、ひとまず置いておこう。

俺の技術。あくまで我流と独学の試行錯誤に過ぎない代物を？

別に構わないが、随分と妙なことを頼んでくるもんだ。

しかも魔剣士の頂点とか、だいぶ大袈裟。

「それと」

内心で小首を傾げていたら、真月が長刀の切っ尖で、俺の横を指す。

「貴様はなんだ」

より正しくは、隣に立っていた伊澄を。

良かった。ここまで完全スルーされてたから、もしかすると見えてないのかと思った。

「あ……えっと、伊澄クロウです」

「知っている。ついでに言えば、この前の離れ牢で虚の剣を手に入れた魔剣使いだろう」

ふん、と鼻を鳴らす音が言葉尻へと添えられる。

「そう焦らずとも、協会に入りさえすれば最優先で在庫が回されたものを」

真月曰く、伊澄は日本全国でも10人と居ない甲評価の勧誘対象だったとか。

通常なら魔剣士協会への登録後は、まず『予備役』となる。

待機リストに名を連ね、虚の剣に空きが出るのを待つのだ。

けれど甲評価者の場合のみ、協会が常に一定数抱える在庫から即受け渡される仕組み。

要は特別に才覚を見込んだ人材には、早いところ魔剣に慣れさせようというシステム。

「かなり買われてたんだな」

「いやぁ、まあ……それほどでもあるかな！」

得意げに鼻高々と胸を張る伊澄。

評価されるの大好き人間め。

「私が尋ねたのは、貴様が何故ここに居るのかだ」

「俺が連れて来たんだよ」

暇な時に戦い方を教えると約束したからな。

呼び出しついで、地下運動場を間借りしようと思った次第。

「……顔は悪くないが、あからさまに陽キャなのは減点だな。もっと陰のある方が——」

その旨を伝えると、真月はしばらく伊澄をじっと見据えた後、軽く肩をすくめた。

「まあいいだろう。使用を許す。ただし私の邪魔はしてくれるなよ」

「押忍！　お世話になります！」

急に体育会系のノリ。

そう言えば剣道部だったな。礼儀作法は叩き込まれてるか。

「ッ！　掴めた、掴めたぞ！　この動きか！」

真月と伊澄に、それぞれが求める技術の指南を始め、はや1時間。

ひとまずの進捗状況は、順調と言えば順調、難航中と言えば難航中だった。

「あとはソレを徹底的に染み込ませろ。反射で同じ動きができるようになるまでな」

「よしきた！」

著しく強化された身体能力での最適な挙動——魔剣躰術の習得に励む伊澄。

正直かなり地味な絵面なのだが、妙に楽しそうだ。

「けっこう好きなんだよ、反復練習。鏡の前に立って、フォーム見ながら素振りとかさ」

尋ねてみれば、なんとも意外な返答。

気付けば半日近く夢中で竹刀を張り続けていたことも珍しくないらしい。

その結果が、剣道歴3年足らずでの全国大会総ナメか。

「一に基礎、二も三も基礎！　天才の俺が地道に努力すれば、つまり無敵だ！」

まあ間違ってはいない。

実際こうしてる間も、目に見えて動きが良くなってるし。

「俺が見せた手本をそっくり真似るより、少しだけ重心を落とした方がいいかもな」

「なるほど、こうか？　おお、確かにこっちの方がしっくりくる気がする！」

始めた直後のぎこちなさが嘘のよう。一度コツを掴んだら一気に伸びるタイプか。

剣道とはあらゆる条件がかけ離れているだろうに、大した飲み込みの早さだ。

とは言え、肉体を操るための最適な動き方は、個人によって異なる。

身体強化（エクストラ）でフィジカルが跳ね上がった俺たち魔剣士は、それが更に顕著。

質量そのままで数倍、十数倍、数十倍の筋力とか、バランスがピーキー過ぎる。

なので俺が魔剣躰術という形で伊澄に教えてやれるのは、土台や骨組みの段階まで。

あとは自分自身に合わせて試行錯誤でカスタマイズし、発展させていくしかない。

…………。

とまあ、そんな感じでコッチは今のところ順調。

が、もう一方はと言うと。

「ふぬぐぐぐぐぐぐッッ!!」

長刀を足元に突き立て、右拳を握り締める真月。

しかしながら、彼女の全身を覆う身体強化（エクストラ）の蒼いモヤは、静かに揺らめくばかり。

ちなみにこの蒼いモヤ、改めて調べたところ協会では『魔力』と称されている模様。

かなり安直なネーミングだが、分かりやすくていい。俺もそう呼ぼう。

「そろそろ魔力を動かす感覚は掴めそうか？」

「ぐぬぬぬぬ……あーっ!!　できるか、こんなもん!!」

地団駄を踏み、コンクリートの床に亀裂が奔る。

かれこれ四度目の発狂。せっかく綺麗に修理されてたのに台無しだ。

つーか、なんでできないんだよ。

「飛斬（スパーダ）の応用だって何度も教えただろ」

突き出した指先に、蒼炎（エネルギー）を灯す。

「魔力を集中させるのが、剣か身体の一部分か。それだけの違いだ」

「簡単に言ってくれる……！」

肩掛けにしたコートを払い落とし、代わりに長刀を掴む真月。

併せて多量の魔力を注ぎ込み、刀身に蒼水を纏わせた。

「飛斬（コレ）は私から魔剣へと魔力を移す行為。ボトルの水をグラスに注ぐようなものだ」

だが、と切っ尖を俺に突き付けられる。

今の状態だと銃口を向けるのと変わらないからやめてほしい。

「貴様のソレは、ボトルの中で水のカタチを変えているに等しい！　同列に語るな！」

――え、マジで？　そんなに違うの？

〈そうね。少なくとも飛斬（スパーダ）と一緒くたにしていい技術じゃないわ〉

頭蓋の内に響く、ジャンヌからの同意。

俺、普通にそのくらいのノリでやってたんだけど。

〈それは貴方が……ちょっと長くなるかも。私が直接その女に説明しましょうか？〉
私がって、俺以外には見えないし聞こえないのに、どうやるんだ。
そう尋ねるよりも先、ごっそりと全身から力が抜ける感覚に襲われる。
直後。ジャンヌが俺の隣に現れた。
〈……やっぱり表に出ると、こうなるわね〉
ただし、いつもの半透明な状態ではない、確たる実体を得た姿で。
そして――何故か、黒髪だった。
〈貴方たちにとっては、はじめまして〉
向こうからすれば唐突な登場に真月と伊澄が呆然と立ち尽くす中、一礼するジャンヌ。
まあ俺も驚いてるが。完全な実体化ができるとか聞いてないぞ。
〈私はジャンヌ・ダルク。ジンヤが持つ魔剣の悪魔〉
いや。それより、まず突っ込むべき点は。
「どうして黒髪なんだ」
〈あら、知らなかった？　私の髪は元々黒いのよ？　普段の金髪は、ただのオシャレ〉
……そう言えば、そんな説もあったな。
ジャンヌの名を知って以降、ネットで拾える情報程度には歴史や伝承を調べてある。

確か署名入りの手紙の中に黒髪が挟まってたとか、なんとか。

「お前の肖像画は全て後世に描かれたものだ。正確な容姿は伝わってない」

鎧を着て男装した短髪の美少女、くらいが共通のイメージか。

目の前に居るのは、腰に届くほどの長髪だけど。

「ジャンヌ・ダルクって……え、あのオルレアンの乙女⁉　本物⁉」

〈ええ。でもサインなら書かないわよ。ロクな思い出がないから〉

異端審問法廷で宣誓供述書の内容をすり替えられたってアレか。

名前くらいが精一杯の文盲だったらしいし、そんなもん確かめようがないよな。

「……じゃんぬ？　一体どこの神話の悪魔だ？」

「えぇ……ジャンヌ・ダルクを知らないって、流石に……そもそも悪魔じゃないし……」

真月の無知さに若干引き気味な伊澄。

大目に見てやってくれ。リオさん曰く、高校を半年で叩き出された中卒なんだ。

「よく分からんが……その女が貴様の魔剣に宿る存在だと？」

「ああ」

「どうやって実体化させた」

「……さあ？」

俺に聞かれても困る。
半透明な姿で現れる時だって、ジャンヌ自身の意思によるものだし。
〈そうね。順を追って話してあげる〉
足元がふらつく。
急に身体が重くなってきた。
〈ただし手短にね。私が完全に表に出ると、ジンヤに負担がかかるから〉
道理で。
下手に魔剣技（アーツ）を使うより疲れるっぽいな、実体化（これ）。
〈まずこっちから聞くけど、貴方たち、自分の悪魔と会話したことは？〉
「……名前を聞き出す時の一度だけだ」
「俺は夢で何度かそれっぽいのに会ったけど……話までは、まだ」
真月と伊澄の返答に、でしょうね、とジャンヌが首を振る。
〈魔剣の性質は宿す悪魔次第。チカラの多寡は今までに喰らった魔力次第〉
そして、と一拍挟まれる。
〈どれだけチカラを精微に操れるかは、悪魔と魔剣士の同調率次第〉
「同調率……？」

怪訝そうに真月が聞き返す。

〈要は相性よ。基本的には、互いの思想や精神性が噛み合うほど高くなるわ〉

ジャンヌは脚を組んで空中に腰掛け、人差し指を立てた。

〈身体強化（エクストラ）、魔剣技（アーツ）、開門（ゲート）。魔剣がもたらす全ての異能は、同調率で精度が左右される〉

その指先に銀炎が灯る。

炎は瞬く間に激しく燃え上がり、鳥を模って周囲を飛び回り始めた。

〈例えば、私とジンヤの同調率は、そうね。パーセンテージに当て嵌めるなら——〉

少し考え込む仕草。

〈１２５パー、くらいかしら〉

それなりに仲良くやれているつもりだし、70はあるだろう。

上限振り切ってるぞ。

〈……算数なんてできなくても、別に人生困らないし〉

指を使ってもうまく計算できなかったらしいジャンヌが不貞腐（ふてくさ）れたようにそっぽを向く。

無学こそが火刑に処された遠因のひとつだった奴のセリフとは思えん。

〈ま、正確な数値なんて瑣末事は兎も角〉

誤魔化すように、ひとつ咳払い。

小学生向けの四則演算ドリルでもやらせるべきかな。

〈私がこうして表に出られるのは、ジンヤとの同調率が極めて高いお陰よ〉

もちろん恩恵はそれだけじゃないけど、と説明が続く。

〈魔剣を介さない魔剣技（アーツ）の発動。巧みな魔力操作による身体強化（エクストラ）の一点集中〉

延いては離れ牢の存在探知も、ひとえに同調率の高さがあってこそ成せる業だとか。

〈逆に同調率が低いと、大雑把にしかチカラを扱えないわ〉

例えば、以前真月とここでやり合った際に撃たれた拡散型の飛斬（スパーダ）。

アレもあえて密度を薄めたワケではなく、操作が下手な場合ああなってしまう模様。

〈高密度で魔力を放出する行為も、実のところ結構な高等技術なのよ？〉

「そうだったのか？」

〈そうだったのよ〉

系統的には『傲慢（プライド）』の得意分野らしい。

「なんでもっと早く言わなかった」

〈最近まで忘れてたし、第一たいした話じゃないもの〉

「そうか？」

〈そうよ〉

確かにそうかもな。

同調率うんぬんを知っていたところで、今日までの流れが何か変わったとも思えないし。

「漫才は後にしろ。それより、私の同調率とやらも分かるのか」

〈大まかには。ついでに第二段階の魔剣なら、どんな悪魔を飼っているのかもお見通し〉

ジャンヌが強く思い浮かべたからか、俺の頭にも情報が流れ込む。

大江（おおえ）の盗賊、酒呑童子。

平安時代に数多くの配下を従えて暴れ回り、かの源頼光（みなもとのよりみつ）に討たれた悪鬼。

チカラの系統は暴食（グラトン）。保有する能力は『毒酒』。

……魔剣を抜く際に呼んでいた銘の通り、やはり酒呑童子だったか。

かの玉藻前（たまものまえ）とも同列で語られる、日本三大妖怪の一角。

悪魔の格が違うと豪語していたのも、まんざらハッタリじゃなかったみたいだな。

〈貴女（あなた）の場合は約４割ね。かなり高いけど、その程度じゃ意思疎通もままならないでしょ？〉

「同調率を上げる方法は？」

〈ないわよ、そんなの。言ったでしょ、思想や精神性の噛み合いで決まるって〉

つまり気分次第で多少の変動はあっても、基本値はほぼ固定か。

〈あー、でも、そうね。根本的に考え方を一新させれば、ワンチャンあるかも〉

どうしろと。人間の根っこなんて滅多なことでブレたりしないだろ。

〈インドにでも行って人生観変えてくれば？〉

恐ろしくテキトーな助言。さては真面目に取り合う気がないな。

「魔剣士は海外に行けない。そもそもトイレが汚そうな国には行きたくない」

仏頂面で返す真月。

なんかアテが外れてしまったみたいで、ちょっとだけ申し訳ない。

〈……ま、安心なさいな。同調率が低くても、鍛錬（たんれん）次第で技術は身に着くから〉

聞こえるか聞こえないかの境目で、たぶん、と語尾に添えられる。

〈じゃあ私は、このへんで。ジンヤもつらいと思うし〉

まだ大丈夫だが、と口を開く前に、俺の中へと消え去るジャンヌ。

細々と説明するのが面倒になって逃げたか。

「ふむ……つまり練習あるのみってことだな！」

勤勉にもメモなど取っていた伊澄は、意気揚々と型の反復練習を始めた。

ポジティブな奴。

「…………チッ。それしかないか」

一方の真月も、再び長刀を足元に突き立て、顔の前で拳を握り締める。

てっきり癇癪でも起こすかと思いきや、ちょっと意外。

「ふっ！　せい！　とぁっ！」

「ぬぐぐぐぐ……ッ!!」

ひとまず俺は座ったまま、そんな2人の様子を眺めることにした。

けっこう疲れたし。

「がんばれー」

「おう！」

「黙れ気が散る！」

いっそ芸術点を進呈したくなる域で正反対なリアクション。

人としての度量が窺えるってもんだ。


「今日は面倒見てくれてありがとうな、胡蝶」

何時間も力み続けた真月が目を回して倒れたため、解散となった夕刻。

帰りのタクシーにて、伊澄が俺に深々と頭を下げた。

「俺はさわりを教えただけだぞ」

「その第一歩目が見当もつかなくて困ってたんだ。いやー、本当に助かった」

魔剣士となった者たちが最初に苦労するのは、著しく跳ね上がったフィジカルの制御。

アスリートや武道家などのプロフェッショナルであっても、それは容易ではない。

むしろ己の身体を知り尽くしているからこそ、感覚の齟齬（そご）は常人よりも大きい。

慣れるまでは、身体強化（エクストラ）を発動させた状態で走ることすらおぼつかないだろう。

もっとも、鍛錬の様子を眺めてて分かったが、伊澄はセンスの塊のような男だ。

運動神経に特化する形で強化されている俺と比較しても、そう見劣りしないほど。

加えて、魔剣躰術という技術そのものも、1ヶ月かけてそれなりに洗練させてある。

コイツの技量が戦闘に耐えうる水準となるまで、そう長くかからない筈。

「家でもコソ練しとくぜ！　次までにレベルアップして驚かせてやるよ！」

「宣言したらコソ練にならないんじゃないのか？」

しかし。

「随分な身の入りようだな」

「当然！　俺は最強の魔剣士になって、世間から羨望（せんぼう）の眼差しを集めたいんだ！」

なんてストレートな承認欲求。

まあ、こういう奴だとは知っている。

が——どうにも、それだけではないように思える。

「魔剣士協会で何かあったのか？」

「むぐ」

図星らしく、眉間にシワが寄る。

伊澄は少し黙った後、どこか不愉快そうに話し始めた。

「……ほぼ先週いっぱい、天獄街に泊まり込みだったんだ」

虚の剣と融合したことによる諸々の手続きやら説明やらか。

「その間、街中を歩き回ったり、他の魔剣士と話をする機会があったんだが――」

なるほど。だいたい読めたぞ。

「ロクでもない奴ばかりだった！　アレじゃ天獄街が隔離施設なんて言われるワケだ！」

現行兵器が一切通用しない埒外な戦闘能力。

数多の財宝が積み上げられた天獄内部へ唯一出入りできるという有用性。

日本政府は魔剣士を国の宝として優遇し、問題を起こそうとも見て見ぬフリをする。

しかも大半が、悪魔と混ざり合ったことで大なり小なり自制心を欠いている有様。

……そう言えば、伊澄の奴は特に言動が変わった様子はないな。

よっぽど同調率が高いのかもしれない。

「だから決めたんだ！　俺は強度序列一位になって、協会を秩序ある組織にする！」

聞く者が聞けば笑い飛ばすに違いない大言壮語。

けれど。少なくとも俺は、笑う気にはならなかった。


「にしても人生、何がどう転ぶか分からないもんだな」

しみじみ頷きつつ、そんなことを呟く伊澄。

「他の進路に未練を残したまま魔剣士にならざるを得なくなったのは、少し残念だけど」

あの日、離れ牢に呑まれたのは、必ずしも悪いことばかりじゃなかった。

そう続いたセリフに、俺は首を傾げながら視線を返す。

「あの一件で、何か良いことでもあったのか？」

「新しい友達ができた！」

真っ直ぐ向けられる、屈託のない笑顔。

……そういうの、よく恥ずかしげもなく言えるな、コイツ。


およそ週1の頻度で第五支部を訪れ、共同での訓練を行うようになり、4週間が過ぎた。

進捗状況は、やはり順調と言えば順調、難航中と言えば難航中である。

「はあァッ！」

通りの良い発声と共に押し迫る、刀身に幾何学模様が刻まれた無銘。

右方からの横薙ぎ。重心の据わった足腰の捻りと共に放たれた、鋭利かつ重い一撃。

その太刀筋に左手を割り込ませ、掌で刃を弾いた。

「ぐっ――るぁ！」

「ン」

弾かれた反動を勢いへと利用し、右足の爪先を軸に一回転。

今度は左方から、初太刀よりも一層と鋭く薙ぎ払われる。

「なら、こうだ」

左肘に魔力を集中させ、弾くのではなく受け止める。

クッションのように剣戟の勢いを殺し、更なる連撃へと繋げるための起点を潰す。

「ごっ……！」

間髪容れず、がら空きとなった鳩尾に蹴り。

加減したのでダメージはないものの、床と平行の軌跡で数メートル後退させる。

「ッツ……なんのオッ！」

吹き飛びながら空中で体勢を立て直す伊澄。

腰だめに構えた魔剣へと魔力を注ぎ、蒼雷を纏わせる。

着地と同時、足を開いて踏ん張りを利かせ、振り抜かれる一刀。

スパーク音を撒き散らす半月形の飛斬（スパーダ）が、俺めがけて飛来する。

「大した体幹だな」

けれど充電の時間が短かったせいか、明らかに威力不足。

密度も薄く、範囲こそ広いが十分に対処可能。

「シッ！」

魔力を集中させた右脚で、側面から蹴り上げる。

爆ぜ砕け、四散する蒼雷の塊。

が、その直後——やられた、と歯噛みした。

「なるほど」

視界に映る、大上段で魔剣を構えた伊澄の姿。

既に数秒間のチャージを行ったらしい刀身には、十分な量の蒼雷。

——こいつは一本取られたな。

今の飛斬（スパーダ）は、本命である2発目を用意するまでの時間稼ぎ。

低密度かつ広範囲に放ったのは回避の選択肢を潰すため。ついでに目隠しもか。

「はあああぁぁぁぁぁぁぁぁッ！」

コンクリの床が揺れるほどの踏み込みを乗せた唐竹（からたけ）割り、と言うか面打ち。

太刀筋の延長線上となる軌跡を描き、真っ直ぐ向かって来る一閃。

――どーすっかな。

避けるには少し出遅れた。防御するにも、アレを手足で受ければ流石に無傷では済むまい。

加えて強欲（グリード）に属する魔剣の性質は見ての通り電気。身体強化（エクストラ）を貫通されれば、感電は必至。

〈肩こりが治りそうね〉

ジャンヌの軽口が頭蓋の内に響く。

生憎ながら日々の快眠快食のお陰で、肩こりや腰痛とは無縁だ。

「チッ……」

ひとつ甲高く指を鳴らす。

手を伸ばせば触れられる距離まで迫った飛斬（スパーダ）へと着火し、瞬く間に燃え上がる聖炎（ウェスタ）。

圧し固められた蒼雷を余さず覆い、奪い尽くす、銀色の炎。

そうして――俺の鼻先に届く間際、消滅した。

「ピノキオなら危なかったかもな」

〈乾いた木材に電気は通らないんじゃない？〉

確かに。

「っしゃあっ！　とうとう銀炎(そいつ)を使わせてやったぜ！」

足元をふらつかせながらも、盛大にガッツポーズを取る伊澄。

未成熟な第一段階の魔剣で飛斬(スパーダ)の連射とは、まったく無茶をする。

もっとも、その無茶によって虚を突かれたのも事実。

再び指を鳴らして残り火を消し、膝が笑っている伊澄の元へ歩み寄る。

「ひと通り、型は身についたみたいだな」

「おう！　剣道の動きとは全然違うもんで、だいぶ手こずったけどな！」

違って当然だろうさ。

人間離れした身体能力を有するという前提条件を、根底に敷いているのだから。

「前にも言った通り、あとはソレを自分に合わせる形で徹底的に染み込ませろ」

八方向への移動。九種類の太刀筋。

これらの基本的な型を修めれば、そこからは応用と複合。

そうして模範解答を蓄え続けることで、感覚的な部分も着実に矯正(きょうせい)されていく。

やがては一挙手一投足に至るまで、今の己に即したものへと移り替わるだろう。

すなわち魔剣躰術とは、魔剣士に最適な挙動の精髄を心身に教え込むための技術。

まあ編み出した張本人である俺自身に、そこまでの意図があったワケではないのだが。

洗練を重ねた結果、偶然にもそういう代物となりつつあるってだけで。

「当面は型をそのままなぞっていればいい。大天使(アークエンジェル)程度までなら、どうにかなる」

「けっこーモノにできたと思うぜ」

プルプルと震える切っ尖を正眼に構える伊澄。

回復するまで大人しくしてろ。

「ただ、まだ咄嗟の時は番号と実際の動きを結び付けるまでに一瞬ラグが出るんだよな」

「ああ……」

頭の中で一連の動作をイメージするより、数字を並べた方が思考の時間が短くて済む。

そう考えて型に数字を割り振ったが、所詮は素人判断。

俺にはハマったけれど、万人受けする方法だとはハナっから思っていない。

「好きに工夫しろ。こっちも手探りでやってるんだ。改善点なんていくらでもある」

「なるへそ」

第一、身体が型を完全に覚えれば、いちいち動く前に頭で考える必要もなくなるしな。

要は慣れるまでの補助輪みたいなもの。かえって邪魔なら、外してくれて構わない。

「……よし、休憩終わり！　次は全部の型を１００回、いや２００回ずつだ！」

疲労による震えが止むや否や、いつもの反復練習を始めた伊澄。

脚光を浴びるためなら、本当に努力を惜しまない男だ。

ここまで承認欲求がプラス方面に働いてる奴、初めて見る。


さて。伊澄の方は極めて順調だが、あっちはどうかな。

「ふぅぅううう……！」

微動だにせず、顔の前で握り締めた右拳を睨み付ける真月。

目が血走っててヤバい。街中で会ったら絶対に他人のフリすると思う。

〈どうにかこうにか、形にはなってきてるっぽいわね〉

背中に当たる硬い鎧の感触と、耳元で囁かれる声。

そんなジャンヌの言葉通り、真月の全身を覆う蒼いモヤ、魔力の流れは拳に傾いている。

が、流動の勢いは非常に緩やか。あれではとても使いものにならない。

「――あっ」

気でも緩んだのか、体表の魔力が大きく揺らめき、拳への集中が解ける。

その様子を呆然と見つめた後、鬼の形相かつ無言で床を殴り始めた真月。

だいぶキてる。

「そもそもアイツには不向きな技術なんだろうな」

〈ね〉

同調率もだが、真月の系統は暴食(グラトン)。

密度が変わりにくい水の性質を持つ魔力では、圧縮させる行為そのものが難しい筈。

「どーすっかな」

4週間も経った今更になって「才能ないからやめとけ」とは言いづらい。

しかし、正直あのまま続けさせたところで、目覚ましい進展が望めるとも思えない。

「……何か良い方法でも考えてみるか」

〈優しいのね〉

だって流石に可哀想(かわいそう)だし。

あと、八つ当たりされるのも、たぶん俺だし。

「ジンヤァッ！　ちょっと付き合え！」

ほら来た。

魔剣ぶん回しながら人を呼ばないでほしい。

「コイツ、さては陰で練習してやがるな」

〈何を？〉

「魔剣躰術」

ヒスった真月を適当に叩きのめした後、担ぎ上げて階段を上る。

……見た目より、かなり重い。

どうやら、あっちこっちに錘を着けているらしい。

抱えた感じ、総重量は優に１００キロ以上あるだろう。

恐らくは膂力に対して軽すぎる身体を安定させるための措置。

なるほど。こういう形でバランスを取るのもアリか。

もっとも、既に自然体での最適な挙動を修めた俺には合わない手段だが。

「重心の置き方、踏み込みの深さなんかが少し変わった。俺の動きを混ぜ込んでる」

日に日に伸びていく伊澄を見て有用と判断したのか、こっそり取り入れた模様。

コソコソせずとも、ひとこと言ってくれれば素直に教えたものを。

…………。

無理か。真月の性格を考えたら。

第五支部の事務所は奥が居住スペースとなっており、職員の寮も兼ねているとか。

まあ今のところ、真月以外の面子（めんつ）と直接顔を合わせたことはないんだが。

「ここか」

長めの廊下に3つ並んだ個室。

扉に『ユカリコ』とプレートが貼られた部屋へ入り、真月をベッドに横たわらせる。

〈物の少ない部屋ね〉

最低限の家具だけ置かれた間取り。

整理整頓が行き届いている、という域を通り越した、生活感の薄い空間。

〈ミニマリストってやつ？　なんかイメージに合わないわ〉

「行くぞジャンヌ」

一応は女性の私室。物色する悪趣味はない。

手早く退室すべく、踵を返す。

「……ん？」

扉の向こうからキッチンに向かう人気を感じたのは、ドアノブに手をかける間際のこと。

身体強化（エクストラ）を切っていたため、気付くのが遅れた。

「…………」

特に理由もなく息を殺し、音を立てず扉を開く。

そのまま気配を尾けてキッチンに行き、そっと中を覗き込む。

「ふんふふ～ん」

鼻歌交じりに冷蔵庫を漁る後ろ姿。

ヘヴィメタルでもやってそうな、えらく派手で刺々しい格好をした、細身の女。

「あ、あったあった。いただきま～す」

目当ての品を見つけたのか、その場で食べ始める。

すぐ後ろに食卓があるのに、なんて行儀の悪い。

「おい」

「ふえ？」

声をかけると、そいつはスプーンをくわえたまま振り返った。

黒髪にピンクのインナーカラーが入ったボブカット。

アイシャドウで濃く縁取りされた双眸に収まる金色の瞳と、視線が合わさる。

その手に持ったプリンの容器には、丸っこい字で『ウルハの』と書かれていた。

「ッ……あ、あの……逃げて、ごめんなさい……」

俺と目が合ったパンク女は、しばらく硬直した後、脱兎の如く逃走。

鳴り渡る足音の先で勢い良く扉が閉じられ、少し間を置いてスマホに着信。

〔わ、わわ、私……人前だと、本当に、しゃ……喋れ、なくて……！〕

「別に気にしてない」

彼女が極度の人見知りであることは、前に真月から聞いている。

そんな奴に音もなく近付き、後ろから急に声をかけた俺が悪い。

ところで。

「電話口の印象とは随分かけ離れたビジュアルなんだな？　バンドマンかと思った」

〔このくらい派手な方が……外に出た時、誰かに話しかけられたりしないから……〕

なるほど。猛毒のサンゴヘビに擬態し、身を護るミルクヘビみたいな感じか。

あんな格好した女が街中を歩いてたら、確かに大抵の奴は遠巻きにするだろうな。


八田谷田ヤタ。

5秒くらいで適当に考えた偽名みたいな響きだが、一応本名らしい。

第五支部に所属する3人の魔剣士の1人。

所有する魔剣は、七系統でも希少な嫉妬。

真月曰く、戦闘能力はイマイチ。

その代わりに、天使や聖人を対象とした高い探査能力を持つ魔剣技(アーツ)が使える模様。

日に三度、それを用いて間接的に離れ牢を探し出すのが、普段の仕事。

つまり、ただでさえ暇な上、俺の存在によって唯一の務めすら奪われたに等しい状態。

少なからず恨みを買っているかと思いきや、関係は割と良好。

なんでも魔剣技(アーツ)は疲れるから、使わずに済ませるのが一番なのだと。

実は日に三度の探査もしょっちゅうサボっており、最近は3日に一度がデフォとか。

管轄内における離れ牢の発生件数が年間平均2件程度とは言え、ひどい怠慢だ。

この話を聞いて以降、俺は内心で八田谷田のことを給料泥棒と呼んでいる。

まったくもって、魔剣士にはロクなのが居ない。

あらゆる方面で。

〔……ウルハちゃんのプリン食べたこと、内緒にしてくれる……？〕

「そもそも会ったことがない。告げ口しようもない」

〔え……？　でもウルハちゃん、この前……あれ？〕

八田谷田の部屋の扉に背中をもたれさせ、スマホで話す。

板一枚隔てただけの相手に、随分な遠回り。

〔私の勘違いかな……まあいいや……えっと……ユカリコちゃんとは、どう？〕

「どう、と言われてもな」

世間一般的な意味合いで仲良くやれてるとは言いがたい。

さっきも八つ当たりされて締め落としたばっかりだし。

〔あ、あのね……ユカリコちゃん、態度悪いし、すぐ手が出るし、左遷もされたけど〕

やはりか。

強度序列一桁が何故、支部という雑用専門の部署に居るのか、少し不思議だったんだ。

〔でも……たまに優しかったりもするから、あんまり悪く思わないであげて……？〕

ＤＶ男を擁護する恋人みたいな台詞回しだな。

そう軽口を返す寸前、反射的に身構えた。

「――すまないが、切るぞ」

〔え……え、あ、ごめ、ごめんなさっ……怒らせるつもりとか、全然なくて――〕

「違う」

唐突に背骨を伝った違和感。

次いで後ろ首を這う、ちりちりと炙られるような感覚。

「また離れ牢が出た」

指を鳴らす。

煌めく銀の火柱を5本、黒い石で閉ざされた広間に立ち昇らせる。

――どうなってるんだ。本当に。

「奪え」

着火からおよそ半秒。瞬く間に消滅した5体の下天使（エンジェル）。

そして、共々に掻き消える聖炎（ウェスタ）。

……残り火ナシ。やっと正確な火加減が見極められるようになってきた。

「良い魔剣技（アーツ）だよな、それ」

気だるくポケットに手を突っ込んだ俺の後ろで、魔剣を肩へと担いだ伊澄が呟く。

振り返ると、その足元には真っ二つとなった下天使（エンジェル）が2体。

2対1でも危なげなく倒すか。そろそろ大天使（アークエンジェル）の相手をさせても大丈夫そうだな。

「派手だし、カッコいいし、しかもなんでも燃やしちまう。無敵かよ」

程なく亡骸は光の粒――魔力の塊へと解け、伊澄の魔剣に吸い込まれていく。

幾何学模様の浮かぶ刀身が、ひとつ大きく脈動した。

「前にも言ったが、聖炎（コイツ）は燃やしているワケじゃない。奪っているんだ」

加えて、大手を振って無敵と呼ぶには、少し尖り過ぎている。

もしそう見えるのなら、それは俺の努力とハッタリの賜物だろうさ。

――いくらなんでも、異常だ。

「伊澄。この核石も、お前が喰え」

回収した虚の剣を爪先でリフティングしながら、広間の中央に浮かぶ金色の岩を指す。

「またもらっていいのか？　これ、下天使なんか比じゃない量の魔力が詰まってるんだろ？」

然り。聞くところによれば、第四位の天使――主天使をも凌ぐエネルギー量とか。

「だからこそだ。無銘を育てる最高の養分になる」

俺が短期間で魔剣を第二段階に引き上げられたのも、核石の恩恵が非常に大きい。

その下地があったからこそ、聖石を飲むという博打も乗り越えられたと言えよう。

「差し当たり、俺にこれ以上の出力は必要ないしな」

「そうか？　じゃあ、ありがたくもらっとくけどよ」

スポーツカーなんかも、無闇やたらと馬力を上げれば速くなるってもんじゃない。

今は技量を磨く段階。何事にも、その折々で最適な塩梅ってものがある。

身の丈を超えた欲張りは、たいがいロクな目に遭わない。

「ちょうど真月がノビてて良かったたな。この前みたいな争奪戦にならなくて済む」

「アレは大事件だったよな……」

魔力を喰らい、魔剣のチカラを高めたいのは分かるが、まさかあそこまでやるとは。

人間の欲ってのは恐ろしい。

——俺が魔剣（ジャンヌ）と融合して、まだ2ヶ月程度だってのに。

「ツ……ッツ……ふ、うぅっ……！」

薄い常夜外套で覆われた核石（コア）を斬り裂いた伊澄の魔剣へと注ぎ込まれる、膨大な魔力。

「ぐっ……落ち着け、このっ……!!」

急激なチカラの上昇に伴い、荒ぶる神経。

それを伊澄が必死で抑え込む中、揺らぎ始める周囲の景色。

〈あ。思い出した〉

空間が歪み、徐々に崩壊する離れ牢。

やがて俺と伊澄、そして不運にも牢へと呑まれた被災者が、揃って元の世界へと舞い戻る。

「何を思い出したんだ、ジャンヌ」

〈離れ牢が生まれる理由〉

「……なんだと？」

——今日のコレで、7回目だぞ。

〈私たち悪魔は、剣に封じられることでチカラを虚にされているの〉

「だから虚の剣なのか」

冷や汗まみれの伊澄が息を整える傍ら、被災者を搬送させるために救急車を呼ぶ。

その到着を待つ間、暇潰しも兼ねてジャンヌの話を聞いていた。

〈チカラとは、すなわち『固有の能力』と『情報の記憶』〉

それらは天使を殺し、亡骸の魔力を喰らうことで、少しずつ取り戻される。

しかし虚の剣には魔力を排するコーティングが施されている上、そもそも剣単体では無力。

当然だろう。使い手が居てこそ、用をなす道具なのだから。

〈人間と融合状態にある間だけ、封印は剥がれ落ちるわ〉

ちょうど持っていた虚の剣を眼前へと掲げる。

表面を塗り固めている漆喰みたいなコレか。

「どういう仕組みでそうなるんだ」

〈あらゆる悪魔のチカラを完全に封じる代わり、悪魔以外には効力が働かないからよ〉

「なら融合する相手は、例えば犬猫なんかでもいいんじゃないのか？」

まさか、と返される。

何故だ、と更に問う。

〈だって剣は人間の武器。悪魔は人間の想像から生み出された存在だもの〉

「……なるほど」

　ともあれ、そういう経緯で魔剣の悪魔は常に宿主を求めている。

　最初に素手で触れた人間へと、誰彼構わず取り憑くほどに。

「魔剣士に手を貸すのも、チカラを取り戻すためのギブアンドテイクってワケか」

〈そこは悪魔次第じゃない？　現に私は、貴方が好きだから言うことを聞いているのよ？〉

「そうか。ありがとう」

〈どういたしまして〉

　ハイタッチ。

「で？　それと離れ牢に、一体なんの関係が？」

〈封じられた悪魔は基本的に休眠状態なんだけど、たまに眠りの浅いのが居るのよ〉

　そういう個体は剣ごと別空間に隔離される。

　その別空間こそが、言わずと知れた離れ牢。

〈眠りの浅い悪魔は、時折まるで寝言みたいに、自分と相性の良い人間を呼び寄せるの〉

　寝言のタイミングが空間の綻(ほころ)びと重なった時、引き込まれてしまうのだとか。

〈クロウの成長が早いのも、あの剣に宿る悪魔が彼を呼んでたからでしょうね〉

「同調率が相当に高いってことか」

…………。

「ジャンヌ。今の話、俺以外にはするなよ」

〈あら、どうして？〉

考えるまでもなく厄ネタだからだ。

「真月は中位天使……能天使（パワー）や力天使（ヴァーチャー）くらいなら簡単に倒せるだけの力を持ってる」

けれど、俺の前では赤ん坊と同じ。

パワーもスピードも戦闘経験も、全て向こうが大きく上回ってるにもかかわらず、だ。

つまり同調率の多寡は、魔剣士の能力を推し量る上で最重要なファクターのひとつ。

言い換えれば、離れ牢の被災者は、その点における才覚が確約されているに等しい。

この事実が公に知れ渡れば、絶対ロクな流れにならない。

隠しておくに越したことはなかった。


建物の隙間から見える空を仰ぎながら、ふと思う。

――空間の綻びと魔剣の呼びかけが合致した時、離れ牢の入り口は開かれる。

それは、つまり。

――この街の空間が不安定になっているから、こうも繰り返し離れ牢が現れている？

そう考えれば、前に魔剣士が呑まれた理由も、なんとなく説明がつく気がする。

……………。

ああ。なんだろう。

すごく、嫌な予感がする。

7章　魔剣鳴動

魔剣を得てから、時折、同じ夢を見るようになった。
――っ……う……うぅっ。
ひどく虚ろな、起きた時には忘れている夢。
――どうして……どうして私が、こんな……。
重苦しい空気で満たされた暗い牢獄。
その中で鳴り渡る、悲壮な泣き声。
――あぁ……ちくしょう……。
いや、違う。
泣き声じゃない。それだけじゃない。
あれは、そう。
――憎い……。
よどんだ沼の底で煮えたぎるような怨嗟。
――憎い……ッ!!

途方もなく深い——憤怒（ふんぬ）だ。

「だし巻きとスクランブルエッグ、どっちがいい」

〈悩みどころだけどスクランブルかしら。チーズとケチャップたっぷりでお願い〉

「了解」

ちらと時計を見れば6時前。

換気用に開けた窓の外では、東の空が白み始めていた。

今日は姉貴が早番だ。起きてくる前に、さっさと朝食を並べなければ。

「悪いが洗濯機回してきてくれないか。ちょっと手が離せん」

〈はーい〉

ふよふよと浮かび、壁をすり抜けて洗面所兼脱衣所に向かうジャンヌ。

程なく、電子音と水の流れる音が聞こえてきた。

俺から離れられる上限は10メートル前後。

生き物には干渉できない上に非力だが、植木鉢くらいなら持ち上げることが可能。

そして、その行動によって起こる不自然は、他人に一切認識されない。

目の前でお手玉しようと飲み食いしようと、完全スルー。

暇を見て色々と検証した結果、大体のルールは把握できた。

発想次第では結構な悪事にも使えそうだが……今のところ、その予定はない。


「弁当、カバンに入れとくぞ」

「うん」

「じっとしててくれ。寝癖を直す」

「うん」

４人分の弁当を作り、洗濯物を干し、細々した家事をこなす。

そうこうするうちに姉貴の出勤時刻となり、玄関に立たせて身だしなみを整える。

「今日は早く帰れるのか？」

「うん」

「俺も放課後はシフト入ってないから、晩飯の買い物したらすぐ帰る。何が食べたい？」

「……ざるそば……あと、ざるうどん……」

了承を返し、見送る。

少し間を空けて、怪訝そうにジャンヌが首を傾げた。

〈そばとうどんを纏めて食べる人って、かなり珍しいんじゃない？〉

「姉貴は口が小さいからな。麺類とか、細かく刻んだものが好きなんだ」

逆にハンバーガーやドーナツみたいな、かぶりついて食べる系は苦手。

ついでに猫舌。ラーメンなんかは、ひと口食べきるまでに残りが伸びる。

〈手のかかるお姉さんね。しかも寝癖ひとつまともに直せないなんて〉

昔はちゃんと直せてたんだ。

俺が家事をやるようになってから、見る見る生活力が衰えただけで。

何故だろう。

「アレでも表じゃ割とシャキッとしてるんだがな」

〈ふーん〉

あまり信用していない様子で扉をすり抜け、出かけた姉貴の様子を窺うジャンヌ。

やがて戻って来ると、狐につままれたような顔をしていた。

〈……ホントにシャキッとしてた。すっごく仕事できそうな感じ〉

「だろ？」

ほぼ詐欺(さぎ)ね、と失礼な感想が続く。

気持ちは分からないでもないが、人の姉貴に対してなんたる言い草だ。

「できましたよ。どうぞ」

「おー」

通学前に店へと顔を出し、回されていた仕事を片付け、リオさんの朝食を作る。

「悪りぃな、ここんとこ毎日」

「いえ」

この習慣がついたのは、バイトを始めてすぐの頃だったか。

あまりに雑な食生活を見かねて、用意するようになった次第。

以前は時間や体力の余裕がある時だけだったが、今の俺は魔剣士。

身体能力の劇的向上によって大抵の仕事は秒で終わるし、そうそう疲労もしない。

なので必然、ここしばらくは毎朝台所を借りている。

「昼用の弁当も、いつも通り冷蔵庫に入れておいたんで」

「至れり尽くせりで感謝の言葉もねぇ」

「こっちに関しては、自分たちのを作るついでですから」

俺と姉貴と、近頃はジャンヌの分もか。

3人分も4人分も変わらないし。

「ん……？」

それに気付いたのは、出掛けのこと。

使えとリオさんから投げ渡されるも、あらぬ方へと飛んだバイクのキー。

身体強化(エクストラ)で落下先に先回りし、どうにか受け取った直後、偶然視界に入ったのだ。

「店長代理。どうしたんですか、これ」

「あ？　あー」

部屋の隅へ無造作に立て掛けられた、表面を白く塗り込められている片手剣。

この2ヶ月ほどですっかり見慣れた、本来は超がつくほど貴重な代物。

「俺が最初に持ち込んだ虚の剣ですよね？」

「……よく分かったな」

そう言って目を瞬かせるリオさんだが、俺にも何故分かったのか見当もつかない。

白塗りが落ちた無銘(レギオン)の状態なら兎も角、虚の剣は完全な同一規格なのに。

「買い取った奴が死んだんだよ。そいつと融合してすぐにな」

少し言いづらそうに、リオさんが理由を語る。

「しかも、そこから立て続けに3人。縁起が悪いってんでアタシに処分依頼が来たんだ」

「……そう、ですか」

そのことにショックを受けるよりも先、どうしてか「だろうな」と思った。

「別にお前が責任感じるような話じゃねーからな？　そもそも魔剣士なんてバタバタ死――」

リオさんの声が遠い。

虚の剣に意識を絡め取られて、他の情報が入ってこない。

これは――魔剣(ジャンヌ)の内側に引き込まれる時と、同じ感覚――

〈ジンヤ。早くしないと遅刻するわよ？〉

我に返る。

はて。何やら一瞬、意識が飛んでたような。

まさか寝不足か。昨日もたっぷり8時間寝たってのに。

今日は贅沢にも9時間コースいっちゃおうかな。

…………。
足早にガレージに向かったジンヤは、気付かなかった。
〈駄目よ〉

険しい目で、ジャンヌが虚の剣を睨み付けていたことを。

〈貴女の出る幕なんて、もうどこにもないの〉

虚の剣から、僅かながらに黒い炎が立ち昇っていたことを。

〈大人しく、そのまま眠り続けていなさい〉

〈――ジャンヌ・ダルク〉

あの離れ牢での一件以降、俺の高校内での立ち位置は、劇的に変わった。

「おはよう胡蝶くん」

「ああ」

なんてのは冗談で、実のところ大きな変化はない。

以前と同様、クラスメイトたちとは挨拶を交わす程度の浅い付き合い。

窓際の日当たりが良い席で、時折欠伸を噛み殺す日々。

……と言うか、例の出来事そのものが、いっそ不自然なほど話題にも挙がらないのだ。

皆、学校で離れ牢が発生したこと自体は、しっかりと覚えている。

だがしかし、それを事件と捉えていない。

昨日の二限目は自習だったとか、購買の品揃えが増えたとか、精々そんな程度の扱い。

休校明け初日、色々と覚悟を決めて教室に入った時は、随分な肩透かしを受けた。

流石に妙だと思い、八田谷田に事情を尋ねたところ、分かりやすく説明を濁（にご）された。

聞く相手を真月に変えたら、私もよく知らん、と実にテキトーな返答をもらった。

薬物か、催眠術か、はたまた悪魔の能力か。

確か『色欲（ルスト）』か『怠惰（スロウス）』あたりが、そういう方向性のチカラに秀でていた筈。

具体的にどんな手を使ったのかは不明だが、生徒や職員の認識を書き換えたのだろう。

悪魔によってはそういうこともできるのかと考えたら、なかなかにゾッとする話だ。

もっとも、そのお陰で煩わしい思いをせずに済んだのも事実。

集団の輪ってやつは苦手だ。混ざるだけで疲れる。

二歩三歩引いたところに居られるなら、それが一番いい。

ただ――何もかも前と全く同じってワケでもなかった。

「オス胡蝶！　今日も良い天気だな！」

クラスの中心で人だかりを作っていた伊澄が、目ざとく俺を見つけ、寄ってくる。

ほぼ真後ろを通ってたのに、視野の広い奴め。

「なあ聞いてくれよ！　実は昨日、ゲーセンのガンシューティングでハイスコアを――」

口を開けば自慢話。

しかし何故か不快感が湧かないのは、ひとえにコイツの人柄か。

「身体強化（エクストラ）で動体視力とかもアップしてるから、反射神経使うゲームとか楽勝で――」

あと、こっちが黙ってても立て板に水で喋りまくるから、会話がラクで助かる。

「――お、そうだ！　見てくれよ、これ！」

半分くらい内容を聞き流していたら、おもむろに眼前へと突き出された人差し指。

小首を傾げつつ視線を向けると――小さなスパーク音を立て、蒼い電気が迸る。

「ッ」

魔力が一定の密度を上回った際に起こる現象。

思わず息を呑んだ。

「ちょっとできるようになったんだよ！　魔力操作！」

俺の憤怒（ラース）なら炎。伊澄の強欲（グリード）なら雷。

身体強化（エクストラ）発動中に体表を覆う魔力は、密度を高めると系統ごとの属性が顕著となる。

しかしジャンヌ曰く、生半可（なまはんか）な者では不可能な高等技術。

やはりと言うか、伊澄の同調率は相当に高いらしい。

「もうちょっと練習したら真月さんにも見せて驚かせてやろうと思うんだ！」

そいつはやめておくのが賢明だ。

たぶん発狂する。


前よりも少しだけ騒がしくなった学校生活。

魔剣士となったことで、少しばかり面倒の増した私生活。

けれども、どうにかこうにか平穏な暮らしを続けられている。

その幸運に感謝しつつ、今日も何事もなく過ごせると、なんとなく思っていた。

正午のチャイムが鳴る5分前——異様な地鳴りと共に、空がヒビ割れるまでは。


——なんだ、あれは。

昼時の緩んだ空気から一転、騒然となった教室の窓を飛び出し、昇降口前に着地。

遮蔽物のない校庭まで駆け、尋常ならざる空模様を仰ぐ。

目を疑うような光景。

空間そのものに奔った、街全体を覆うほどの巨大な亀裂。

〈まさか……いえ、でも……〉

「何か心当たりがあるのか」
唐突極まる奇怪な、それも明らかに凶事としか思えない現象。
ひとまず情報を求め、隣に現れた思案顔のジャンヌに問う。
〈……あのヒビの奥。間違いないわ〉
そして。告げられた内容に、目を剥いた。
〈天獄と繋がってる〉

〔馬鹿な！　ありえん！〕
スマホ越しに響く大声。
真月に連絡を入れ、ジャンヌの言葉を伝えた直後の第一声。
〔あの馬鹿でかいヒビが丸ごと『門』だと!?　冗談にしたって笑えんぞ！〕
「正直、俺だってにわかには信じがたい。相棒の言葉じゃなきゃ一笑したかもな」
天獄には出口も入り口もない。
ゆえに、その内外を出入りするための方法は、たったひとつ。
〔一体どこの間抜けが……いや、あそこまで巨大な門を築ける魔剣士など、居る筈……〕
魔剣が持ち主に与える三種の異能のひとつ『開門(ゲート)』。

空間を裂き、天獄内部へと続く一時的な出入り口を作り上げるチカラ。
だがしかし、アレがそうだとは、少しばかり考えにくかった。
何故なら開門は天獄外殻、つまり富士山跡地にそびえる白塔の近辺でしか成立しない。
当然、この街は射程範囲外。
魔剣士の異能でアレを用立てることは、俺の知る限りでは不可能な芸当なのだ。
〔――チッ！　議論や考証は後回しだ！　できるだけ早くこっちまで来い！〕
今、何が起きているのかさえ不明瞭な中、バラバラに動くのは愚策。
集結して事態に臨むのは、至極当然な判断。
「一応聞くが、ヨソの人手は使えそうなのか？」
〔ヤタが連絡を入れてはいるが、すぐには無理だろうな〕
他4つの協会支部や本部との距離を考えれば、即座の応援は期待できない。
そもそも魔剣士協会という組織の性格上、迅速な動きを求めること自体、過大要求。
構成員の大半が、程度の差こそあれ、自分勝手な個人主義者なのだから。
〔兎に角、あれこれ考えるのは集まってからだ。クロウもそっちに居るんだな？〕
「ああ。今はクラスの連中を落ち着かせてる」
〔魔剣使いでは大した戦力にもならんが、事態が事態だ。一緒に連れて――〕

スマホを耳に押し当てたまま、振り返る。
併せて身体強化を発動。左手を突き出し、魔力を集中させた。
蒼い炎が灯る寸前の密度で護られた掌。
硬く甲高い音色を鳴り渡らせ、後ろ首に迫っていた刃を弾く。
〔ッおい！　なんだ今の音は⁉〕
「……悪いが、すぐには行けそうもない」
勢い余り、たたらを踏む、針のように細い脚。
間髪容れず蹴り付け、その衝撃で五体をバラバラに吹き飛ばす。
――いつの間に。どうやって。
そんな混乱と疑問を全て押さえ付け、努めて淡々と、端的に状況を伝える。
「天使に囲まれた」
人前で金色の瞳を隠すためのカラコンを外す。
テキトーに買った安物だからか、長時間使ってると目が乾いてしょうがない。
「ひと段落したら、かけ直す」
〔おい待――――〕
喚く真月を無視して通話を切り、スマホをポケットに放り込む。

次いで身体強化（エクストラ）の出力を数秒間だけ最大まで引き上げ、五感全てで索敵を行う。

「24……蹴り殺したのを差っ引いて、23」

下天使（エンジェル）が11。

大天使（アークエンジェル）が8。

権天使（プリンシパリティ）が4。

他は兎も角、権天使（プリンシパリティ）は少し厄介だな。

ここは屋外。閉鎖空間の離れ牢と違い、天井などない。

下位天使とは言え、飛行能力と遠距離攻撃手段を併せ持つ奴を好き勝手させては面倒。

――先に片付けておくか。

〈後衛潰しは基本よね〉

指を鳴らし、銀炎を熾（おこ）す。

4ケ所で同時に噴き上がる火柱。

抗（あらが）う術もなく燃え尽き、灰の一片も残さず消滅する有翼の天使たち。

〈aaaa〉

〈aaaaaaaa〉

〈Laaaa――〉

それをスターピストル代わり、残りの連中が四方八方から一斉に押し寄せる。

深く呼吸を繰り返し、魔剣技（アーツ）の発動によって減衰した身体強化（エクストラ）の出力が戻るのを待つ。

いっそのこと纏めて焼き捨てたいところだが、聖炎（ウェスタ）は燃費が悪い。

このような右も左も分からない状況下で、無闇に体力を消耗するのは避けるべき。

「ああ、そうだな。ちょうどいい」

いま消耗した分を、こいつらから頂くとしよう。

「神を呪え――ジャンヌ・ダルク」

虚空に迸る蒼い燐火を掴み、魔剣を引き抜く。

揺らめく炎に似た、波打つ刃を持つフランベルジュ。

美しく煌びやかな外観から、儀礼用としても好まれた代物。

しかし一方で、斬り口の骨肉をグチャグチャに抉る残虐さも兼ね備えた、二面性の剣。

無銘（レギオン）だった時と同じ鏡のように磨き上げられた刀身も込みで、確かに綺麗だとは思う。

が、不必要に相手を痛めつけてしまうため、正直あまり好きじゃない造形。

真月や伊澄と手合わせする際、魔剣（コイツ）を抜かない理由のひとつ。

もっとも、肉の身体を持たない天使には無意味な特性。

無性に掻き立てられる敵意も合わさって、何の呵責（かしゃく）も抱かず済む。

「そう言えば、お前を使うのは久しぶりだな。少し慣らすか」

〈じゃあ1曲踊って下さる？〉

いいとも。

ショートバージョンになるだろうけどな。

〈～♪〉

「クイック」

透き通った声で紡がれる鼻歌に合わせ、一閃。

剣腕を振り上げた下天使（エンジェル）の股から頭部にかけてを切り上げ、真っ二つとする。

〈～♪〉

「スロー」

振り抜いた切っ尖に乗った勢いを利用し、バック宙。

天地が逆転した視界の中、腰を捻り、背後に居た大天使（アークエンジェル）を横薙ぎで斬り払い、着地。

〈～♪　～♪〉

「スロー、スロー、クイック……」

魔剣躰術の修得により、一挙手一投足に至るまで最適化された機動。

剣を振るう勢いで流れを作り、その流れのままに、次々と敵を屠る。

「――フィニッシュ」
最後の1体の首を断つ。
残った胴を突き貫き、仰向けで足元へと縫い付ける。
やがて、そこかしこに倒れた亡骸が魔力へと解け、魔剣に吸い込まれていく。
刀身の脈動と共に、活力がみなぎるのを感じた。
〈……あら、もう終わり？　ちょうど今からサビだったのに〉
「そいつは残念」
所要時間およそ1分弱。ショート1曲分にもならなかったな。
徒党を組んでも、所詮は下位天使か。
フランベルジュを燐火で覆い、手元から消す。
学ランの砂埃を払い落とし、ひと息。
……しかし、どうなってるんだ。離れ牢すら介さず、外界に天使が現れるなんて。
奴らを幽閉する牢獄、ゆえにこその天獄じゃなかったのか。
〈ジンヤ。上〉
脳裏に疑問符を浮かばせる中、ジャンヌが俺の肩を叩く。
示されるまま空を見上げ、目を細めた。

「小さくなってる……のか？」

〈みたいね〉

耳障りな音と共に、少しずつ狭まっていく亀裂。

30秒。1分。2分。

時計の秒針が3周する間際、断面はピタリと閉じた。

僅かな痕跡すら残さず、すっかり元通りとなった、晴れ渡る青空。

まるで何事もなかったかのように穏やかな様相。

そんな光景が妙に白々しく感じられて、余計に不気味だった。

「胡蝶！」

ふと響いた、よく通る声。

振り返ると、片手に魔剣を握り、もう片方の手にスマホを持って駆けてくる伊澄の姿。

「天使は⁉」

「片付けた。教室の方は大丈夫なのか」

「あ、ああ。とりあえず、今はみんな落ち着いてる」

そいつは良かった。

こういう時は集団パニックによる二次災害の方が被害が大きかったりするからな。

「――それより、大変なんだ！」

泡を食った勢いで鼻先に突き出される、スピーカーモードで通話中のスマホ。

画面には『八田谷田』の表示。

〔ッ……もしもし、ジンヤくん？　聞こえて、る？〕

息切れ混じりの、かすれた声音。

不穏な匂いを感じ、僅かに身構える。

〔今さっき……私の魔剣技（アーツ）で、探査をかけて……そしたら……げほっげほっ！〕

しばし咳き込みが続く。

八田谷田の息が整うのを待つ間、俺の中では嫌な予感が加速度的に膨れ上がっていた。

そして。無情にも、その予感は的中する。

〔ま……街の、あっちこっちに……天使が……!!〕

〔ユカリコちゃんと、ウルハちゃんだけじゃ……とても、人手が足りないの……〕

「分かってる。俺たちも動く、指示をよこせ」

魔剣以外では決して破れない堅牢強固な護り、常夜外套を擁する天使たちの氾濫（はんらん）。

原因は、突如生じたあの亀裂。

理由は分からない。悠長に考察する暇もない。

重要なのは、今この瞬間、街が危機に晒されているという事実。

〔高台の高校……は、もうジンヤくんが片付けてくれたのよね……？〕

「ああ。残りはどこだ」

せめてもの幸いは、天使どもが完全にバラけてではなく、数ヶ所に固まる形で出現したこと。

方々へと散ってしまう前に纏めて叩ければ、被害は最小限で済む。

〔貴方たちに向かってほしいのは……まず、駅前の大通り……数は、10体くらい……〕

そっちの内訳は、全て下天使と大天使らしい。

伊澄に目配せすると、俺の意図を察したのか、頷いて返される。

〔あとは……〕

魔剣士が天使に敵意を抱くように、天使もまた人間を無差別に襲う。

流石に被害者ゼロでは済まないだろう。

現場に到着した時は、少なからず死体を見ることになる覚悟を固めておかなければ——

〔西側の、市立病院……少なくとも、30体以上……〕

——。

「…………………………は？」

今、なんて。

冗談なら笑えない。いくらなんでもタチが悪い。

「胡蝶……？　どうかしたのか？」

いや。頼むから冗談だと言ってくれ。

だって病院(そこ)は。姉貴の。


〈――ジンヤ！　少しペースを抑えて！〉

踏み締めたアスファルトを砕き割り、或いは建物の壁を抉る。

そうして可能な限りの最短距離を、ほぼ減速なしで走り抜けて行く。

〈ねえ聞いてる⁉　スピードを落として！〉

直進時の体感速度は、優に時速３００キロメートルを超えているだろう。

これなら、数分あれば辿り着ける。

〈無茶よ！　足先にだけ身体強化(エクストラ)を集中させ過ぎたら、他が保たない！〉

ジャンヌの叫びを体現するように、俺の五体はあちこちが軋んでいた。

ちらと視界に映る、蒼い炎を灯した両の膝下。

系統ごとの性質が露わとなる密度まで魔力を一極化させた証左。

一点のみに過度なリソースを費やせば、ヨソがおろそかとなるのは自明の理。
速度の維持や方向転換のために一歩を刻む都度、身体のどこかが悲鳴を上げる。
「ッ……」
みぞおちのあたりに違和感。
次いで、鈍い痛み。
内臓を痛めたのか、器官を血が逆流し、口の端からしたたり落ちる。
「ぐ、くっ」
喉が詰まり、バランスを崩しかけるも、どうにか堪え、溜まった血を吐き捨てた。
併せ、一層と踏み込みを深め、更に加速。
——手足が折れようが、肺が潰れようが、構わない。
〈ジンヤ……〉
もちろん、俺だって命は惜しい。
けど魔剣士の回復力なら、この程度、致命傷には至らない。
何より、姉貴の命が懸かってる。
——たった1人の家族なんだ。
両親が事故で死んでから4年間、2人きりで生きてきた。

――まだ、何も返せていないんだ。

一緒に暮らすため、姉貴がどれだけ身を粉にし続けたか。

今でこそ多少マシになったが、昔は本当に毎日毎日働き詰めだった。

そのくせ、こっちが稼いだ金には一銭たりとも手をつけやしない。

俺の施設行きを嫌がったのは、自分のワガママだから、と。

離れて暮らすことを望んでいなかったのは、俺だって同じだったのに。

――脚は緩めない。

――そのせいで間に合わなかったら、俺は一生、自分を恨む……!!

声には出さず、胸の内で、そう告げる。

追随するジャンヌは、心配げに俺を見つめ……やがて諦めたように、姿を消した。

三度血を吐いた末、市立病院の正面入口前へと着地。

電源が落ちていた自動ドアを蹴破り、中に飛び込む。

そこはまさしく、地獄絵図だった。

「飛斬(スパーダ)」

半壊したロビー。

奥でこちらに背を向けていた下天使（エンジェル）を、一瞥（いちべつ）もせず斬り殺す。

代わりに見渡したのは、あちこちに転がる死体。

その中に姉貴の姿がないことを確認し、ひとまず安堵。

「あ……あぁ……ま……魔剣、士……？」

唯一生きていた、襲われる間際だった医師らしき風体の男へと歩み寄る。

焦点の定まらない瞳が、ずり落ちそうな眼鏡越しに俺を見上げた。

「どこだ」

生憎と悠長に落ち着かせている時間などない。

気付けも兼ね、魔剣の切っ尖を突き付ける。

「胡蝶キリカは、どこに居る」


「姉貴！」

第二病棟４階。

主に一般入院患者の病室が並ぶエリア。

〈Ｌａａａａ――〉

「邪魔だ！」

出くわす天使は片っ端から斬り伏せ、蹴倒す。
亡骸が魔力となって刀身に吸い込まれるたび、ここへ来るまでの負傷が癒えていく。
けれども胸を占める焦燥は、凪ぐどころか荒立つ一方だった。
「くそっ、どこに……！」
医師から姉貴の担当フロアを聞き出し、駆け付けたものの、損壊がひどい。
生きた人間どころか、まともに原形を留めた死体すら稀。
——まさか、もう。
思考に浮かび上がる最悪の想像を振り払い、耳に魔力を集める。
微かな物音を掴み、弾かれたように出所へと向かう。
——きっと自力で脱出したんだ。
——これだけ探しても見当たらないなら、そうに決まってる。
ひしゃげて外れた扉が通路側に転がった病室。
室内を覗ける一歩手前まで着いた瞬間、身体が震えるほどの寒気を感じ、立ち止まる。
なんて濃い、血の臭い。
頭蓋の内で鳴り渡る警鐘。背骨を引っ掻く嫌な予感。
掌に爪を立てて震えを押さえ、最後の一歩を踏み出す。

「ッ……」

そこはひどい――いや、そんな言葉では表しきれない有様だった。

床を突き破る形で十数本が飛び出した、俺の脚よりも太い、真っ黒な杭のようなもの。

それぞれに貫かれた犠牲者たちの血が、床一面を赤黒く染め上げている。

「…………………あ」

そして。見付けた。見付けてしまった。

血溜まりの中心にうつ伏せで倒れる、俺と同じ茶髪の、ナースウェアを着た女性。

見間違えるなどあり得ない、誰よりも見慣れた後ろ姿。

ピクリとも動かない。

「―――――」

再発する震え。こみ上げる吐き気。

息も脳髄も凍りつき、ただ立ち尽くす。

〈これは……まさか〉

そのうち、ふらふらと前に出た。

〈―――ッ！　駄目、ジンヤ！　罠よ！〉

ジャンヌが何か叫んでいたが、思考は依然と停まったまま。

単なる音としか、聞き取ることができなかった。

「姉、貴――」

通路と病室を隔てるドアレールを跨ぐ。

「――がッ」

直後。俺の身体は、黒い杭に貫かれた。

背中側から、へその少し上を中心に穿たれた腹部。

杭を支点に足が床を離れ、身体ごと天井付近まで持ち上がる。

「ッぐ」

指先が緩み、握っていた魔剣を取り落とす。

さながらモズの速贄(はやにえ)が如く、ジンヤは宙にピン留めされた。

「な……が……ッ」

〈ジンヤ！〉

明らかな致命傷。

身体強化（エクストラ）由来の高い治癒力を持つ魔剣士であっても、迅速な処置が必要な域の重体。

「ツッ――」

いっぺんに押し出された肺の空気ともども、グラス1杯分はあろう鮮血を吐き散らす。

痛みすら通り越した、燃えるような熱。

そのお陰、と言っては皮肉だが、半ば恐慌状態だったジンヤは、少しだけ我に返った。

「ぐ、う、るうぅっ」

鈍い所作で己の腹を突き破る杭の尖端を掴むも、全く動かせない。

傷口の中に細長い棘（とげ）が何本も刺さり、深々と固定されていた。

もっとも、これはむしろ幸運だった。

無理やり引き抜けば栓（せん）を失い、数十秒と待たず失血死した筈。

〈ジンヤ！　私を拾って！〉

本体が手元にないため、いつものように姿を現せないジャンヌが、焦燥を露わに叫ぶ。

〈聖炎（ウェスタ）なら杭の一部分だけ消滅させられる！　だから早く！〉

抜刀した魔剣が宿主から大きく離れてしまうと、扱える魔力の絶対量は著しく落ちる。

魔剣技（アーツ）の発動に必要な出力には、まず届かないだろう。

このままでは抜け出すどころか、流血を押し留める身体強化（エクストラ）の力負けも時間の問題。

そうなる前に拘束を脱し、治癒に尽力しなければならなかった。

だが、縫い留められたジンヤとフランベルジュとの距離は甘く見積もっても彼の腕5本分。

魔剣に直接触れていなければ、納刀もできない。

誰の目にも、回収は不可能に等しい状況。

〈無理を言ってるのは分かってる！　でも、どうにかしないと――〉

そして。事態は更なる悪化を迎える。

〈Ｈｏｏｏｏｏｏｏｏ〉

甲高く無機質な天使のそれとは違う、低く唸るような発声。

突如生じた空間の歪みから現れた、1体のバケモノ。

〈Ｈｏｏｏｏ〉

腐りかけた肉、血まみれの骨を乱雑にパッチワークした、無理やりなヒトガタの輪郭。

天使特有の黒い光輪（ヘイロウ）を頭上に戴いていない、天獄を跋扈（ばっこ）する、もう一種の存在。

〈『ヴラド』……やっぱり、コイツの……!!〉

聖人ヴラド。

己が魔力で無尽蔵に杭を生み出し、貫いた獲物の血で自らの渇きを癒やす怪物。

戦闘能力は第四位相当。

第二段階へと至った魔剣士でも、生半可な腕前では返り討ちとなりかねない位階。
「……そう、か」
ジンヤの思考へと流れ込む、ジャンヌが強く思い浮かべた情報。
それによって、彼は理解した。
「お前、が」
この場に広がる惨劇の元凶が、のこのこと目の前に出てきたことを。
「お前が……姉貴、を……ッ」
平時において、ジンヤが感情を荒げることは、ほとんどない。
脳髄と神経網に特化した身体強化による精神の鎮静化。
併せて本人自身の、穏やかで争いを好まない気性。
けれど——どんな人間にも、逆鱗は存在する。
〈ツ……駄目、駄目、ジンヤ、駄目っ！〉
弱まった身体強化の影響も合わさり、タガの外れやすくなった情動。
湧き上がる憤怒。煮えたぎる憎悪。
〈落ち着いて！　じゃないと、あいつが——〉
ジャンヌが先程以上に必死な様子で制止をかけるも、ジンヤには届かない。

たとえ届いたところで、恐らく無意味だっただろう。

真の怒りとは、およそ理性で宥められるような感情(もの)ではないのだから。

「ころ、す」

その激情に呼応するが如く、虚空に迸る、黒い炎。

同時刻。吉田リオの店で保管されていた虚の剣が、忽然と姿を消した。

「殺す……！」

失血で冷たくなり始めた指先を、炎に向かって伸ばす。

握り潰さんばかりの力で、掴み取る。

「怒り、狂え――」

次いで。かすれた声の限りに、知らない筈の銘(なまえ)を吼(ほ)えた。

「――『レイジング・ウィッチ』ッッ!!」

◆◇◆◇◆

…………。

はたと我に返る。

気付けば俺は、いつの間にか、激しく立ち昇る火柱の前に立っていた。
「ここは……」
周囲を見渡せば、明らかに日本ではない、やたらと古めかしいつくりの広場。
その四方を囲み、ゆらゆらと揺らめく、影（ヒトガタ）たちの輪。
「魔剣の、内側……？」
以前にも一度だけ見たことのある風景。
確か、初めて魔剣（ジャンヌ）の悪魔と会って話した時。
〈――サイテーな景色でしょう？〉
ふと炎の爆ぜる音に混ざって響く、聞き知った声。
頭蓋へと鳴り渡る声音に、妙な違和感を覚えながらも、振り返る。
〈どうせ死ぬなら、もっとマシな場所が良かったわ〉
俺と火柱の間に立つ、ジャンヌの姿。
けれど。普段のそれとは、随分かけ離れた風体だった。
〈ひさしぶり。アレに割り込まれて以来、かしら〉
「？」
長い金髪ではなく、薄汚れた短い黒髪。

鎧を帯びず、粗末な服を纏い、両手には木製の枷（かせ）。
〈直前の記憶はトんでるみたいね。よっぽど怒り慣れてないワケ？〉
小首を傾げつつ、呟かれる。
そこでようやく、ここへ来る理由となった筈の出来事を覚えていないことに気付いた。
「一体、何が——ああ、いや、待った」
学ランのポケットに突っ込んであったウェットシートを出す。
〈ッ——〉
「じっとしてろ」
せめて顔くらいはと思い、煤（すす）や土埃（つちぼこり）を拭き取る。
なんでこんなに汚れてるんだ。
〈…………〉
されるがまま、何故かひどく驚き、戸惑った様子で俺を見上げるジャンヌ。
〈……そう。なるほど〉
ひとしきり拭い終えた頃、ぎゅっと手を掴まれた。
〈アレは、貴方も、私から奪ったのね〉
意味の分からない囁きの後、半歩だけ離れていく。

〈少し待っていてくれる？　今から取り返しに行かなければならないの〉
「取り返す……？　何を？」
〈全てを〉
今ひとつ要領を得ない返答。
こちらが疑問符を浮かべる中、踵を返し、足早に去ろうとするジャンヌ。
が。何か思い付いたように、再び振り返った。
〈ねえ。貴方、私の最期を知ってる？〉
「……まあ、多少はな」
火刑に処されながらも、自分の前に十字架を掲げてくれと叫び続けた。
そうして信心を抱えたまま死んでいった、歴史に語り継がれる英雄。
〈私から、そのことで何か聞いた？〉
「？　いや」
妙な質問だと思いつつも、首を横に振る。
救った祖国に裏切られ、不名誉と屈辱を散々に浴びせられた末の処刑。
そんなものを根掘り葉掘り聞き出そうとするほど、ノンデリではないつもりだ。
〈じゃあ教えてあげる。私の一番の秘密〉

特別よ、と唇に人差し指を当て、微笑まれた。
〈死に際に十字架を掲げさせた、本当の理由〉
広場の中心で燃え盛る炎が、更に火勢を増す。
〈万が一にも、炎に焼かれる苦しみなんかで忘れてしまいたくなかったの〉
建物。樹木。草花。影（ヒトガタ）。
見渡す限りの全てに、燃え広がっていく。
〈一番憎い相手が、誰なのかを〉
闇のような漆黒へと、その色を移り変わらせながら。

ルールを外れた2本目の魔剣を引き抜くと同時、ぷつりと途切れたジンヤの意識。
その失神とほぼ入れ替わりのタイミングで、彼の肢体を中心に噴き上がった黒炎。
半壊した病室内を這い回り、瞬く間に覆い尽くす。
〈Ｈｏｏｏｏ〉
押し寄せる炎に呑まれる間際、無数の杭を張り巡らせ、分厚い壁を築く聖人ヴラド。

1本1本が建材用の鉄骨をも上回る強度。

加えて本体が纏う、中位天使最高クラス相当の出力を持つ常夜外套。

クラスター爆弾に匹敵する威力の魔剣技(アーツ)さえ跳ね除けるだろう、鉄壁の防御。

これを正面きって突破できる魔剣士は、恐らく協会にも10人と居ない。

が——黒炎は、まるで薄紙でも燃やすかのように、一瞬で全ての杭を消し炭に変えた。

そして間髪容れず、ヴラドへと牙を剥く。

〈Hoooooooo——〉

低くしゃがれた断末魔。

倒れる猶予さえ与えられず、街ひとつ滅ぼせるチカラを持った怪物は、塵と化した。


レイジング・ウィッチ。

裏切りと理不尽が産んだ憎悪の化身。

全てを奪われ、魔女という烙印だけが残った、名無しの悪魔。

系統は憤怒(ラース)。固有能力は『業火(ヘル)』。

魔剣ジャンヌ・ダルクの銀炎——聖炎(ウェスタ)と表裏をなすチカラ。

万物を魔力へと分解する形で消滅させ、自らのものとして奪い取るのが聖炎(ウェスタ)。

ただし、おおむね還元よりも消耗の方が大きい。
一方で業火が薪とするのは、使用者自身。
憎悪を種火に命をすり減らし、いかなる敵対者をも滅ぼすべく、無尽蔵の火力を生む。
最後には何も残らない、略奪の銀炎。
ただ激情のまま振るわれる、憤怒の黒炎。
本来ならあり得ない、二刀一対の魔剣。
…………。
否。
彼女たちは、決して対の存在などではない。

ヴラドを燃やし尽くした後、黒炎は渦を巻き、一点に向けて収斂し始めた。
レイジング・ウィッチは、定まった形を持たない魔剣である。
黒炎そのものが本体。
重ねて、ジャンヌ・ダルクと連動しており、チカラの多寡は常に等しい。
すなわち、ジャンヌが第二段階の魔剣として在る限り、ウィッチもまた同じ。
虚の剣の封印を解けば、その瞬間から本来のチカラを表出させる道理。

ゆえにこそウィッチを手にした者たちは、ことごとく焼け死んだ。
当然の帰結。
融合直後の馴染んでいない状態で、命を削る炎の負荷になど、耐えられるワケがない。
〈…………あァ、あ……〉
蒐まった炎が、やがてヒトガタを模る。
かろうじて女性だと判別できる程度の、粗雑なシルエット。
〈ジャ……ク……〉
視線の向かう先は、床に突き立ったフランベルジュ。
腕を模した部位を伸ばし、にじり寄る。
〈返せ……〉
爆ぜる火花に混じった、ノイズだらけの声。
〈かえ、せ……〉
微かな、けれども深い怒りに満ちた音色。
〈私……〉
ふと、急速に火勢が衰える。
併せて、動きも錆び付いていく。

〈私、の〉

魔剣と宿主は一心同体。

宿主が意識を欠いた状態で、強引にチカラを使ったツケ。

それでも、どうにか、あと半歩まで迫る。

〈私の……！〉

けれど。その半歩が、届かなかった。

〈な――〉

ヒトガタを維持できず、崩れる黒炎。

そのまま散り散りに裂け、かき消えていくレイジング・ウィッチ。

〈――ああああぁぁぁぁぁぁぁッッ〉

鳴り渡る無念の叫び。

やがて。燃えカスだけが、そこに残った。


いっぺんに静まり返った、焼け焦げた病室。

変化が訪れたのは、数十秒ほど過ぎた頃のこと。

「……ッ」

自身を貫く杭が炭化し、床へと投げ出されたジンヤ。

焼けただれた腹の孔。そこに僅かな黒炎が灯り、音を立てて塞がり始める。

さながら映像を逆再生するかの如く、空洞を埋め立てる骨肉。

自己治癒能力の域を超えた異様な光景。生命をリソースとした強制的な復元。

最後に真新しい皮膚が張り、完全に癒える傷口。

それから、一拍。

「う……あ」

微かな呻き声。

ジンヤの瞼が、ゆっくりと開かれた。

◆◇◆◇◆

「……これは、一体……」

目覚めて数秒。

ぼんやり天井を見上げていた俺は、浮ついた意識が覚めるにつれて状況を思い出す。

跳ね起き、床に刺さった魔剣を掴み、身構えつつ周囲を確認する。

そこでようやく、最後の記憶から随分と様変わりした病室の惨状に気が付いた。

〈ジンヤ。大丈夫？〉

「ああ……」

どうなってる。まるで消火後の火災現場だ。

――それだけじゃない。

腹に手を添える。

盛大にブチ抜かれたバレーボールほどの穴が、ひどく焼け焦げた学ラン以外は元通り。

身体強化（エクストラ）の全リソースを使っても、治すには何日もかかりそうな重傷だったってのに。

「何があった」

〈……さあ。貴方が気を失ってる間は、私も表の様子は分からないし〉

あの聖人の姿も見当たらない。

立ち去ったのか、或いはあちこちで散らかるボロ炭のどれかがそうなのか。

拳を壁に打ち付け、歯噛みする。

奴にはなんとしても、俺自身の手で落とし前をつけなければ気が済まな――

「ッ！　そうだ、姉貴！」

何もかも燃えてしまった病室を、改めて見渡す。

最悪の想像が頭をよぎり、血の気が引くのを感じた。
〈落ち着いて。キリカなら、たぶん大丈夫よ〉
吐き気と目眩に膝を折りかけたところで、そんなジャンヌの言葉が頭蓋に染みる。
脳髄を巡る身体強化によって思考が冷え、持ち直す精神。
深く呼吸を繰り返しながら、手中の魔剣へと視線を落とす。
〈さっき貴方が見たものは、ヴラドが餌場に獲物をおびき寄せるための罠〉
つまるところ、俺は姉貴の幻影を見せられていただけ。
そう言われ、あの光景を思い返してみれば、確かに妙だった。
他の死体は先程の俺と同じように串刺し。
にもかかわらず、姉貴だけは大きな傷もない状態で床に倒れていた。
納得と併せて、今度は安堵による脱力で膝をつく。
その直後。かろうじて無事だった懐のスマホが、着信音を鳴らし始める。
引っ張り出すと、画面には『姉貴』の二文字が表示されていた。

「……ああ。こっちは特に何も起こってない」
電話口から聞こえる、震えを帯びた声。

反対に俺は、肩の荷が下りる思いだった。

「ん……分かった。用意ができたら、すぐ行く」

通話を切り、スマホをポケットに放り込む。

黒焦げの天井を仰ぎ、ゆっくりと、肺の中の空気を残らず吐き出した。

「姉貴は無事だ。今、避難所に向かってる」

〈そう。良かったわね〉

まったくだ。

本当に、生きた心地がしなかった。

〈てか、先に連絡して安否確認すれば済んだ話じゃない？〉

「………………」

まったくだ。普通なら考えるまでもなく思い付くだろうに。

よほど取り乱していたらしい。外付けの鎮静化すら追い付かないくらいに。

「ともあれ、憂いは消えた」

あとは、天使どもを残らず駆逐するだけ。

〈身体は？〉

「問題ない。いっそ気味が悪いほど快調だ」

1体でも病院の外に逃がせば、厄介なことになる。

色々と疑問は尽きないが、ひとまず全て脇に置いておこう。

「秒で片付けるぞ」

〈ん。了解〉

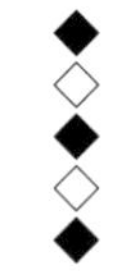

………………………………………。

……………………………………。

…………………。

〈おーやおや。おやおやおやおやおや、おや〉

高度およそ1500メートル。

街を見下ろす遥か上空にて、鳥とも蟲（むし）とも異なる羽ばたきの音が、等間隔に鳴り渡る。

〈いけませんねぇ。いけない、いけない、いただけない〉

羽ばたきと合わさって響く、男女の二色が混ざった声。

それを発するのは、1体の悪魔。

〈連れ込めた天使は精々100そこら。数ヶ月を費やした仕込みの結果が、このザマとは〉

白翼を持つ女性の右半身。

黒翼を持つ男性の左半身。

雌雄同体とも異なる、奇妙な見目姿。

〈こんなものじゃあ、足りない足りない。とてもとても〉

やれやれと両腕を広げ、かぶりを振る悪魔。

その隣で、宙空に足をつけて立つ背広姿の男が、おもむろに口を開いた。

「そう悲観ばかりすることもない」

天獄と外界を繋げるという目論見自体は成功した。

あとはこれを、より大規模に引き起こせばいいだけの話。

「カギの目星もついている。しかも、そのチカラを十全に引き出せる宿主付きでな」

〈おお然り。実に幸い。アレは拾い物でしたなぁ〉

天獄を呼び寄せるための仕込み、空間を不安定化させる作業。

その副産物として頻発した離れ牢の中に混ざっていた、とある魔剣。

「お前と同じ聖魔を併せた存在。気長に探すつもりだったが、こうも早く見付かるとは」

〈何やらややこしい有様になっていますがねぇ。すぐには使えそうにない〉

構わん、と男が返す。

「どのみち当面は再び地下に潜る。足踏みは性に合わんがな」

〈いやはや、仕方ありませんとも。変革には手間暇をかけなければ〉

「分かっている」

無理に急いて仕損じるなど、愚の骨頂。

「これまた幸いにも、時間ならある」

そう言って、男は懐から小さな薬瓶を取り出し、勢い良く中身を呷る。

直後。五十がらみの壮年であった彼の姿は、一気に二十歳ほども若返った。

「また補充しておかなければな」

〈飲み過ぎは厳禁ですよぉ？〉

男の右目に集められた魔力が、蒼い風となって渦巻く。

その視線が向かう先は、遠く離れた地上。

「……下らん。実に下らん」

市街地の一角。駅前の大通り。

天使相手に魔剣を振るい、背後の民間人を守る青年の姿に、男は眉をひそめた。

「それこそが衰退の体現だと、何故分からん」

乱雑に放り捨てられる空き瓶。

男は地上から視線を切った後、今度は全身へと蒼風を渦巻かせる。

「変えねばならん。正さねばならん」

風に紛れ、薄れいく輪郭。

「そのためにも」

そして。完全に消え去る間際。

誰ともなく、吐き捨てた。

「この国は——一度死なねばならんのだ」

断章　遠雷

「っ……貴様ァ！」

だだっ広い地下運動場に、ハスキーボイスを荒げさせたユカリコの怒声が鳴り渡る。

それ自体は、取り立てて珍しくもない日常茶飯事。

けれど少し珍しいことに、今回の矛先は彼女が目の敵とするジンヤではなくクロウだった。

「さっきからビリビリバチバチ、嫌がらせか！　喧嘩を売る気なら買ってやる、表に出ろ！」

「い、いや、そんなつもりは……なんか最近、力むとすぐ帯電するようになって……」

「言い訳無用だデンキウナギめ！　よくも私の一番嫌いなものを堂々と垂れ流したな！」

魔剣士の魔力は、一定以上の密度を得ると系統ごとの属性が強く現れる。

クロウはその性質が特に顕著だった。平均値を大きく超える同調率ゆえの特異だろう。

取り分けここ数日は、身体強化(エクストラ)を発動させるだけで少量ながらも電気を帯びるほど。

もっとも、あまり良い傾向ではなかった。魔力の制御が粗いということなのだから。

リソースの塊である核石(コア)を複数喰らい、あまりにも急激な成長を遂げてしまった弊害(へいがい)。

跳ね上がった基本出力に対し、本人の感覚が今ひとつ追い付いていない。

「俺が見る限り、アンタの魔力に吸い寄せられているみたいだぞ」

壁際で一連の様子を見ていたジンヤが、指先に蒼炎を灯しながら呟く。

己の火で自身を焼いてしまわぬよう、絶妙な出力調整を施した上での一点集中。

本来、手遊び感覚で行える芸当ではない。同じことのできる魔剣士が、協会に何人居るか。

群を抜いて高い悪魔との同調率に加えて、神経網に特化した身体強化（エクストラ）を持てばこその異彩。

「アンタの纏う魔力が霧状に散って、電気の通り道を作ってるんだ。要はダダ漏れってこと」

「……ほう？　つまり私の身体強化（エクストラ）が粗末で粗雑だとでも言いたいのか？」

燐光瞬く金色の瞳を細め、剣呑な視線を送るユカリコ。

一方ジンヤは軽く肩をすくめつつ、言葉を続けた。

「確かに制御の甘さも、多少以上にあるとは思う」

魔剣それぞれが持つ千差万別の固有能力を引き出し、行使する魔剣技（アーツ）。

肉体を極限以上にまで活性化させ、あらゆる能力を飛躍的に押し上げる身体強化（エクストラ）。

外界とは完全に遮断された天獄内部へと繋がる一時的な出入り口を造り出す開門（ゲート）。

人間が魔剣の悪魔と融合することで覚醒（かくせい）する、三種の異能。

その原動力となるのは、体力や活力などの生体エネルギーから精製される魔力。

「けど一番の問題は、魔力の性質そのものだな」

魔剣は魔力の持つ性質、属性によって系統が大まかに振り分けられている。

天獄出現以降の10年間で明文化された内訳は、全部で七種類。

火炎という優れた攻撃能力を持つ憤怒(ラース)。性質は熱気。

毒や酸などの搦手(からめて)を得意とする暴食(グラトン)。性質は水気。

スピードと貫通力に秀でた強欲(グリード)。性質は電気。

攻防のバランスが良い傲慢(プライド)。性質は空気。

硬度による防御力が持ち味の怠惰(スロウス)。性質は冷気。

そして、属性を持たない代わりに探査や精神操作といった特殊なチカラを宿す嫉妬(エンヴィ)と色欲(ルスト)。

この二系統は戦闘力に乏しいため、第二段階へと到達する難易度が他五系統よりも高い。

必然、希少価値も頭ひとつ抜きん出る。

「水は固まらない。電気は抵抗が少ない方に行く。ある程度の感電は仕方ない」

「仕方ないで済むか！　地味に痛いのだぞ！」

「ホントすいません……できるだけ早くコントロールできるようにするんで……」

「今すぐどうにかしろ！　私は雷が大嫌いなんだ！」

ますます不機嫌そうに怒鳴るユカリコ。

が、それも無理からぬ話。何せ彼女は19年の生涯で六度も落雷に打たれている。

しかも、そのうち二度は魔剣士となる以前の出来事。苦手意識くらい抱いて当然。

なんなら雷鳴を聞いただけで震え上がっても全く不思議ではないレベル。

ユカリコの性格を考えれば、口が裂けても「怖い」などとは言わないだろうけれど。

「……流石に今すぐは無理でも、おいおい手綱（たづな）を握れるようにはならないとな」

気だるそうに壁際を離れたジンヤが、ポケットに手を突っ込みながら歩み寄る。

その視線は、クロウの手に握られた無銘（レギオン）へと向いていた。

「ジャンヌが言ってる」

両刃の刀身に、淡く明滅する幾何学模様が浮かび上がった片手剣。

未だ本来の銘（かたち）を取り戻していないため、同じ悪魔のジャンヌにも正体までは分からない。

だが。おおよその格を推し量るくらいなら、現時点でも十分に可能だった。

「お前と混ざった悪魔は、相当に骨が太そうだ」

霊格だけで言えば、明らかにジャンヌ以上。ユカリコの酒呑童子にも並ぶだろう。

格の高さと戦闘能力は必ずしも直結しないが、比例するケースの方が圧倒的に多い。

「まだ名前は分からないのか？」

「ん……ああ。夢の中で話しかけられても、ノイズまみれで上手く聞き取れない」

「不便だな」

ジンヤのように自分の悪魔と自由に意思疎通できる者は極めて稀。

普通はチカラの増大に伴い、夢枕などで断片的に言葉を交わす程度の接触が精一杯。

否。魔剣士へと至れる魔剣使いの割合を勘定に入れれば、それすら少数派。

虚の剣を手にした人間の約半数は、悪魔の姿を一瞥さえできないまま死んでいくのだから。

「けどさ、もう少しだとは思うんだよ。近頃は夢を見る回数もグンと増えたし」

「……フン。早ければいいというものでもあるまい」

そっぽを向き、どこか面白くなさそうに吐き捨てるユカリコ。

彼女が第二段階への到達に要した期間は半年弱。協会内においても屈指のハイペース。

にもかかわらず、ジンヤどころかクロウにまで抜かれそうで、心中穏やかでない模様。

「第一、名を聞き出せても呼べるだけの力量が伴わなければ、何にもならん」

「まあ一理あるな」

悪魔の名を呼ぶということは、魔剣との繋がりを更に深めるということ。

未熟なまま口にすれば、負荷に耐えきれず精神を呑み込まれ、魔剣憑きへと堕ちてしまう。

「実際問題、いま扱えるチカラの制御も不完全じゃあ、ちょっと厳しいと思うぞ」

「そのくらい俺も分かってるさ……そう、だからこそ特訓あるのみ！　まずは素振り千回！」

威勢良く無銘（レギオン）を正眼に構え、体表に纏わせた身体強化（エクストラ）の出力を上げるクロウ。

甲高く鳴り渡るスパーク音。感電を嫌ったユカリコが、鬱陶しげに距離を取った。

「ふんっ！　せいっ！　やあ！　たぁっ！」

「ッ、この、だから電気を垂れ流すな！」

避ける先、避ける先に伸びていく蒼雷。

ちょっと面白いな、とジンヤは内心思うのであった。

「なあ伊澄。そう言えば、悪魔の姿はもう知ってるんだろ？　どんな奴なんだ？」

「あー、なんか会うたび微妙に格好が違うけど……カラスの頭を被った、半裸のマッチョ？」

「一体どこの悪魔だ。ほぼ変態ではないか」

あとがき

このたびは本書籍を手に取って下さり、ありがとうございます。

本作は現代日本に現れた『天使』や『聖人』という異形の怪物に対し『悪魔』に由来する異能で戦うという、少しややこしい世界観となっております。

何故このような構図が出来上がったかと言えば、私が悪魔の方にこそ情味を感じられるからでしょう。昔から天使というワードにはあまり良い印象がなかったりします。あいつら相当えげつないことも平然と正義面でやらかしますからね。悪意がある分だけ、悪魔の方がだいぶマシってもんです。

ですが、本作の『敵』は天使ではありません。あいつらは本能的に人間を襲っているだけの存在なので、ちょっと敵とは呼びにくいです。分類するなら害虫あたりかと。

そして当然、悪魔でもありません。あっちもあっちで完全に人間サイドとは言いがたいですが、そもそもの思想や価値観の時点で十人十色なので。

では果たして何が敵なのか。本作における本当の意味での敵とは『力』そのものです。

魔剣士には銃もミサイルも一切通用しません。やろうと思えば小国くらいなら一人でも攻め落とせます。人間にとって、あまりにも過ぎた力です。そんなものを手にしてしまえば、それまでと同じではいられないでしょう。

今後、主人公は様々な敵と対峙することになります。頭のおかしい奴等もかなり居ます。天獄という謎だらけの存在にも大きく関わります。

その中で何を考え、何を選択し、行動するかを書いていければ、と考えています。正直かなり大変な目に遭いそうですが、主人公たちには頑張ってもらうほかないです。

最後となりますが、私の書いた拙い小説を手に取り、読んでいただいたことに、もう一度感謝を述べさせて下さい。

ありがとうございました。またお会いできる日を楽しみにしています。

竜胆マサタカ

礼には礼を、無礼には無礼を

最も苛烈な公爵夫人の、

夫教育物語！


思ったことははっきりと口にする南部と、開けっぴろげな言動は恥とされる北部。

そんな南部と北部の融和を目的とした、王命による婚姻。

南部・サウス公爵家の次女・リリエッタは、北部・ブリーデン公爵家の若き当主に嫁ぐことになった。

しかし夫となったクリフは、結婚式で妻を置き去りにするし、初夜を堂々とボイコットする。

話しても言葉の通じない夫を、妻は衆人環視のもとわからせることにした。


ざまぁからはじまったふたりのその後はどうなっていくのか——？

定価1,430円（本体1,300円＋税10%）　ISBN978-4-8156-3142-0

https://books.tugikuru.jp/

震えながら殿下の腕にしがみついている赤髪の女。怯えているように見せながら私を見てニヤニヤと笑っている。あぁ、私は彼女に完全に嵌められたのだと。その瞬間理解した。口には布を噛まされているため声も出せない。ただランドルフ殿下を睨みつける。瞬きもせずに。そして、私はこの世を去った。目覚めたら小さな手。私は一体どうしてしまったの……？

これは死に戻った主人公が自分の意思で第二の人生を選択する物語。

もふっよ魔獣さん達といっぱい遊んで事件解決!!

~ぼくのお家は魔獣園!!~

著：ありぽん
イラスト：やまかわ

転生先の魔獣園では毎日がわくわくの連続！

愉快なお友達（もふもふ）と一緒に、

わいわい楽しんじゃお！

一番の仲良し♪

小さいながらに地球での寿命を終えた、小学6年生の柏木歩夢。死後は天国で次の転生を待つことに。
天国で出会った神に、転生は人それぞれ時期が違うため、時間がかかる場合もある、と言われた歩夢は。先に転生した
両親のことを思いながら、その時を待っていた。そして歩夢が天国で過ごし始め、地球でいうところの1年が過ぎた頃。
ついに転生の時が。こうして歩夢は、新しい世界への転生を果たした。

しかし本来なら、神に前世での記憶を消され、絶対に戻ることがなかったはずが。何故か3歳の時に、地球での記憶が
戻ってしまい。記憶を取り戻したことで意識がはっきりし、今生きている世界、自分の周りのことを理解すると、
新しい世界には素敵な魔獣達が溢れていることを知り。

この物語は小さな歩夢が、アルフとして新たに生を受け。新しい家族と、アルフ大好き（大好きすぎる）魔獣園の魔獣達と、
触れ合い、たくさん遊び、様々な事件を解決していく物語。

定価1,430円（本体1,300円＋税10%）　ISBN978-4-8156-3085-0

https://books.tugikuru.jp/

ある日突然、モンスターの住処、ダンジョンが出現した。そして人類にはレベルやスキルという異能が芽生えた。人類は探索者としてダンジョンに挑み、金銀財宝や未知の資源を獲得。瞬く間に豊かになっていく。

そして現代。ダンジョンに挑む様子を配信する『Dtuber』というものが流行していた。主人公・天海最中（あまみもなか）はペットのスライム・ライムスと配信を見るのが大好きだったが、ある日、配信に映り込んだ『ゴミ』を見てダンジョンを掃除すること決意する。「ライムス、あのモンスターも食べちゃって！」
ライムスが捕食したのはイレギュラーモンスターで――!? モナカと、
かわいいスライムのコンビが無双する、ダンジョン配信ストーリー！

定価1,430円（本体1,300円＋税10%）　ISBN978-4-8156-3035-5

愛読者アンケートに回答してカバーイラストをダウンロード！

愛読者アンケートや本書に関するご意見、竜胆マサタカ先生、東西先生へのファンレターは、下記のURLまたは右のQRコードよりアクセスしてください。
アンケートにご回答いただくとカバーイラストの画像データがダウンロードできますので、壁紙などでご使用ください。
https://books.tugikuru.jp/q/202501/akumanoken.html

本書は、「カクヨム」(https://kakuyomu.jp/)に掲載された作品を加筆・改稿のうえ書籍化したものです。

悪魔(あくま)の剣(けん)で天使(てんし)を喰(く)らう

2025年1月25日　初版第1刷発行

著者　竜胆(りんどう)マサタカ

発行人　宇草 亮
発行所　ツギクル株式会社
〒105-0001　東京都港区虎ノ門2-2-1
発売元　SBクリエイティブ株式会社
〒105-0001　東京都港区虎ノ門2-2-1

イラスト　東西
装丁　株式会社エストール

印刷・製本　中央精版印刷株式会社

ISBN978-4-8156-3143-7
Printed in Japan